GW01605863

Über dieses Buch Als zu Beginn der siebziger Jahre Gerhard Roth seine ersten Kurzromane publizierte, horchten die Kritiker auf: Er hatte einen neuen Ton in der Literatur angeschlagen. Seine fünf Kurzromane segeln bei Kennern unter dem Stichwort »Schizophrenie-Romane«. Es waren, wie der Kritiker und Literaturwissenschaftler Jörg Drews schrieb, »raffinierte Recherchen in Grenzgebieten des Bewußtseins, wo die Anfänge paranoider Deformation die Wahrnehmung der Welt verzerren und zugleich die Wahrheit über die Monstrosität unserer Innen- und Umwelt zum Vorschein kommt, gerade weil die ›gesunden‹, kontrollierten Selektionen der Wahrnehmungen außer Kraft geraten«.
Bevor Roth seinen endgültigen Durchbruch mit seinen großen Romanen schaffte – und dafür mit Preisen ausgezeichnet wurde – und seitdem in einem Atemzug mit Handke oder Bernhard genannt wird, hatte er gezeigt, »daß er Bewußtseinszustände, die an der Grenze zur Schizophrenie liegen und schließlich in sie umkippen, mit sparsamen Mitteln und mit einem für den Leser faszinierenden und irritierenden Sog darstellen konnte«. (Drews)

Der Autor Gerhard Roth wurde 1942 in Graz geboren. Nach dem Studium der Medizin war er lange Zeit Organisationsleiter im Grazer Rechenzentrum. Prosaveröffentlichungen: ›die autobiographie des albert einstein‹, Roman (1972), ›Der Ausbruch des Ersten Weltkriegs und andere Romane‹ (1972), ›Der Wille zur Krankheit‹, Roman (1973), ›Herr Mantel und Herr Hemd‹, Kinderbuch (1974), ›Der große Horizont‹, Roman (1978), ›DER STILLE OZEAN‹, Roman (1980), ›Circus Saluti‹, Erzählung (1981). Theaterstücke: ›Lichtenberg oder Die Unmöglichkeit der Naturwissenschaft‹ (1973), ›Sehnsucht‹ (1977), ›Dämmerung‹ (1978). 1978 erhielt er den ersten Preis des Literaturmagazins des Südwestfunks. Gerhard Roth lebt in Graz.
Im Fischer Taschenbuch Verlag sind die Romane ›Der große Horizont‹ (Band 2082), ›Winterreise‹ (Band 2094), ›Ein neuer Morgen‹ (Band 2107) und ›Circus Saluti‹ (Band 2321) lieferbar.

GERHARD ROTH

DIE AUTOBIOGRAPHIE DES ALBERT EINSTEIN

FÜNF KURZROMANE

FISCHER TASCHENBUCH VERLAG

Fischer Taschenbuch Verlag
Januar 1982
Fischer Taschenbuch Verlag GmbH, Frankfurt am Main
Lizenzausgabe mit freundlicher Genehmigung
des S. Fischer Verlag GmbH, Frankfurt am Main

Umschlagentwurf: Jan Buchholz / Reni Hinsch
Gesamtherstellung: Hanseatische Druckanstalt GmbH, Hamburg
Printed in Germany
980-ISBN-3-596-25070-6

INHALT

DIE AUTOBIOGRAPHIE DES ALBERT EINSTEIN

roman

INHALT

nachdem sich die hirn-rückenmarkanlage zum rohr geschlossen hatte, bildete sich rasch, etwa innerhalb 4 wochen, die für den albert einsteinschen keimling eigentliche gestalt aus (abb. 1).

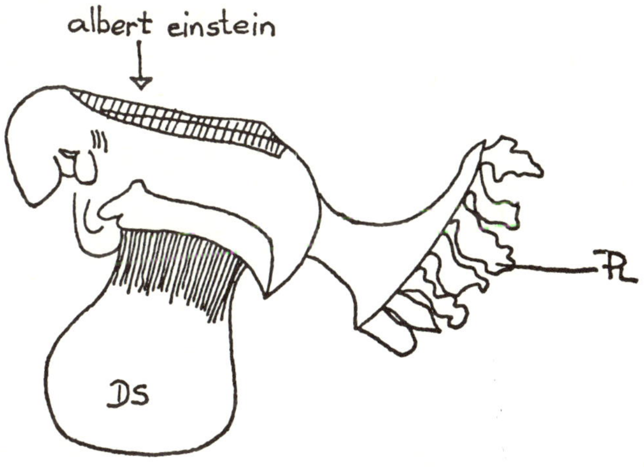

abb. 1 (ds = dottersack, pl = placenta)

vor allem fiel der durch das wachstum des gehirns sehr große kopf auf. der gesichtsteil war noch völlig unentwickelt. einstein lag bauchwärts eingekrümmt. man unterschied an ihm lediglich stirnhöcker, scheitelbeuge, nackenbeuge und steißbeuge. der hals war noch nicht vorhanden. an den seiten des kopfes wurde das ektoderm durch die augenblasen vorgebuckelt. vor dem augenfeld lag die riechgrube, hinter ihm waren die vier schlundbögen sichtbar. am rücken des rumpfes schimmerten die urwirbel und mittelplatten durch. seitlich am rumpf waren die gliedmaßenanlagen als ungegliederte auswüchse sichtbar. mittwärts von den gliedmaßenabgangsstellen verlief beiderseits ein verdickter ektodermstreifen; wie das gehirn, so wurde auch das herz frühzeitig angelegt und wuchs sehr rasch, so daß es mit dem zusammenhängenden leberwulst die bauchwand vor dem nabel zwischen den beiden vorderen gliedmaßenanlagen stark vorwölbte. die gliedmaßen, die vorderen eher als die hinteren, gliederten sich jetzt in ober- und unterarm und handplatte, an der die finger, bzw. zehen sich auszubilden begannen. am ende des zweiten entwicklungsmonats hatte albert einstein etwa 2 cm länge erreicht und war deutlich als menschlicher keimling zu erkennen. der kopf war immer noch unverhältnismäßig groß, der hirnteil überwog den gesichtsteil. in diesem waren die augen noch weit voneinander entfernt, die nase war flach und breit, der hals war noch kurz, die brust klein, die lungen waren noch unentwickelt. der bauch war durch die größenzunahme der leber immer noch stark vorgewölbt. die gliedmaßen jedoch waren nun deutlich gegliedert. die arme lagen der brust an, die beine waren im hüft- und kniegelenk abgewinkelt und die fußsohlen einander zugekehrt. zu beginn des dritten monats ließ sich an der verschiedenen wachstumsrichtung der anlagen der äußeren geschlechtsorgane das geschlecht erkennen. während des dritten monats bildeten sich in der augenbrauengegend die ersten haare, die augenlider überwuchsen die augen und verwuchsen miteinander.

nun nahm das wachstum des kopfes ab. das becken entwikkelte sich und die gliedmaßen wurden länger. im vierten monat wurden die ersten eigenbewegungen des keimlings beobachtet. vom gleichen monat ab wuchs der unterkiefer rascher, wodurch sich das kinn ausbildete. im sechsten monat verblaßte die infolge der durchschimmernden blutgefäße bisher rötliche farbe der haut albert einsteins langsam. zwischen dem siebenten und achten monat riß seine lidnaht und seine augen öffneten sich.

abb. 2

der technische experte III. klasse, albert einstein, ist 1,76 meter groß, breitschultrig und etwas nach vorn gebeugt. sein kurzer schädel wirkt ungemein breit. der teint ist von mattem hellbraun. über dem großen und sinnlichen mund sproßt ein ehemals schmächtiger schwarzer schnurrbart. die nase hat adlerform. die sehr braunen augen strahlen tief und weich. die stimme ist einnehmend, wie ein vibrierender celloton. einstein spricht korrekt französisch mit einem leichten fremdländischen akzent.

eiweißtröpfchen, samenbläschen, sekundenzeiger, thermostaten, ventilschläuchelchen, luft, tachometer, gelee, ccm, atmosfäre, ionen, magneten, elektrolyte, fahrradspeichen, bienenwaben, fischflossen, urin, reagenzgläser, pluspole, minuspole, pergament, fruchtblasen, eischalen, blattmuster, protozoen, kiemen, zahnschmelz, äther, celluloid, isotope, cepheiden, gammastrahlen, keimplasma, perpetua mobilia, qintessenz, radioaktivität, tierkreiszeichen, gonokokken, arsen, wasserräder, alizarin, hieroglyphen, deuterone, nervenstränge, perlmutt, qallen, 5 grad, blütenstaub, meridiane, hygrometer, lungenbläschen, chinin, spektrallinien, kunstfaser, parallaxen, ohrmuscheln, nesselkapseln, geflimmer, messing, fußnoten, ellipsen, leidenerflaschen, phlogiston, schießpulver, schwerkraft, urmeer, selen, systolen, augäpfel, sonnentierchen, chrysopras, fossilien, längeneinheiten, zyklotrone, laich, glasur, nichts, palaeolithikum, polypen, chalcedon, $CaCo_3$, divisionszeichen, weingeist, ammoniak, graphit, kehlköpfe, gallensteine, WORTE

ich schwimme, schwimme in einem geflimmer. in meinem kopf klappern die relais ... traumtänzerische phase! ich rase durch die kräuselungen des gehirns, ich blicke durch die gläserne kugel der augen ... köstliche wortbläschen platzen in meinem gehirn, bekleckern meine wahrnehmung, triefen von mobiliar. in wortplunder kondensierter wahrnehmungsnebel! das echo der anthropomorphen scheiße dröhnt aus jedem atom, verkalkt gefäße zu bildern. meine uhr tickt ... ticktick, wie ein kleiner vogel in einem stahlgehäuse, mein kopf ist ein gläsernes ballönchen, durch welches man einen hektisch tickenden zahnradmechanismus erblicken kann – und hier, hier in der tasche besitze ich ein schlüsselchen, mit dem ich imstande bin, diesen mechanismus jederzeit in gang zu setzen.

13. april: rue callimard 10: für sekunden meinen namen vergessen. eine zigarette angezündet.
3. december: – 273 grad, die eiswüste des denkens, weiße kälte, ein insekt fliegt durch die eisluft.
3. januar: klistier, das tote kahle zimmer. das eisenöfchen funktioniert nicht. ein roter apfel vor mir auf dem tisch. seit wie lange?
21. märz: alpha bicycle coramin droste hülshoff embryo friseur gravitation hengstler irreal januar K luminal masturbation nagl oscar wilde parapluis qarantäne réaumur 1S tarrasch urinprobe vico wien xyz.
3. juni: gegen welchen paragraphen soll ich verstoßen?
24. juni: die luft ist erfüllt von einem bakteriellen flimmern, ein wimmeln, kaulqappen, worte.
21. juli: eine chemische droge, die ungeheuer ernüchtert, die phantastische klarsicht auslöst, den gegenteiligen effekt eines alkoholrausches erzeugt.

meine fluoreszierenden periskopaugen starren durch die glyzerinklare luft, meine augenmuskelchen gehorchen leichtfüßig den befehlsimpülschen meines gehirnes, in meinem kopf knistert es nur so! inkorporation der umwelt? hinter mir der tisch, der lehnstuhl, das glas auf dem tisch. die materie, aus welcher der tisch zusammengesetzt ist, das alles befindet sich bei bedarf in meinem nußschälchen, in mir selbst. ich stehe da und trage es mit mir herum, pfui teufel!
die passanten, die mit schwarzen, aufgespannten regenschirmen die straße überqeren. auf den schwarzen regenschirmen kleben gelbe, von den bäumen abgefallene blätter. ich stelle mir die muster der blätter vor, das filigrane geäder, die seltsam geformten ränder. ich sammle diese momente von klarheit wie insekten oder wie ich buchstaben sammle, die ich in gedanken förmlich auf mein gehirn spieße und in imaginäre glaskästen einordne. die menschen sind wunderbare mechanismen! ich stehe vor meinem fenster und sehe, wie die schwarzen worte in den gehirnen der vorbeihastenden entstehen, wie die welt durch ihre augäpfel in ihre organismen strömt, die zuckungen der feinsten äderchen und kapillärchen.

ich stehe hier vor meinem fensterbrett und lasse, wie ein stück draht den elektrischen strom, die abbildungen durch mich fließen.

ich will mich kurz fassen:

1.

– und, nein ich muß es ausführlicher, ausführlicher erläutern. auf meinem holztisch, ca. 1,5 m^2, liegt ein schächtelchen priscophen (2,5 mg priscol-2-benzylimidazolin-hydrochloric. –, 10 mg trasentin-hexahydrodiphenylacetyldiaethylaminoaethanol. hydrochloric., 20 mg phenylaethylbarbitursäure)

2.

die, wie gesagt, die zahnpastatube ist schon ganz ausgeqetscht, ganz zerdrückt und, sagen wir, beliebig zerdrückbar. toilettwasser, kamm, waschtisch, seife, seifenwasser im waschbecken.

3.

nicht zu vergessen die flaschen und fläschchen! auf dem tisch bzw. unter dem bett bzw. hinter dem vorhang, ja sogar auf dem kasten! ich bin ein liebhaber von leeren boutillen! die vertrockneten rückstände auf den flaschenböden, wasserstein, kupfervitriol.

4.

ferner ein stuhl, tischtuch, tintenfäßchen, stahlfedern, eprouvetten, papiere, naturfunde, präparate, insekten, bleistifte (staedtler mars lumograph HB 2886), kreide, mikroskop, bücher

5.

dann noch die schere, das haarnetz (!), die bartbinde (!), unterwäsche, hemden, brille, brillenetui, taschentuch

6.

eine gitanes. wie spät ist es. die augendeckel spielen ihr spiel. ein schuh. er liegt umgestürzt auf dem boden. ich besitze übrigens nur zwei paar socken. der krankenpfleger über mir durchqert das zimmer. die flüssigkeit steht in den wasserleitungsrohren. die aufschrift auf der zwirnrolle. und die kaffeemühle, ich meine im speziellen den drehhebel!
ich flutsche auf die straße. ein regentropfen fällt auf die hand.

die agonie des wahrgenommenwerdens. ich betrachte ein auge. seltsames sonnenbällchen. die innervation des ciliarmuskels ... wie groß ist die fläche der iris, wenn die pupille null wäre? 5 cm^2? ich bleibe vor der auslage eines fischgeschäftes stehen, starre in die flachen augenscheiben der fische. ich tauche als dunkler schatten im gehirn der fische auf. später auf meinem spaziergang, trete ich an die menschen heran, um die kontraktion ihrer pupillen zu beobachten. die menschen sind nur körperhafte gestelle zur fortbewegung von augäpfeln.

am abend komme ich zurück in mein zimmer. mein hut fällt vom kopf und ich stolpere über meinen hut. ich trete vor den spiegel, zupfe einige barthaare aus meinem gesicht ... rosa epidermis, die fingernägel, barthaare ... konglomerate meines ich.

plumps! mein gehirn platscht aus meinem kopf! ich bin kein bißchen erstaunt, nicht im geringsten schockiert! ich besichtige meine granulationes arachnoidales und die verzweigung der a.meningea media. eine köstliche indiskretion!!

mir ist einmal ein greis begegnet, ich weiß nicht wann, ich bin ihm begegnet, ich könnte er sein. ich hatte nichts gegen ihn, trotzdem fühlte ich den drang, gegen ihn gewalttätig zu sein. es ist etwas künstlerisches daran, einen greis zu boden zu stoßen, ein verborgenes kunstwerk, ein heimlicher poetischer akt. ich habe einmal einen greis durch das schlüsselloch seiner wohnungstür beobachtet. ich stand auf einem kalten, zugigen gang. nur ein teil des ganges war durch einfallendes licht erleuchtet. ich stand in absoluter dunkelheit. in der wohnung des greises brannte kein licht. es war dämmrig, auf einer kiste lagen schmutzige hemden. ich beobachtete den greis, wie er sinnlos im zimmer umhertappte. er suchte seine augengläser. ich sah sie. sie lagen auf einem tisch, halb verdeckt von einer zeitung. ich konnte sie ununterbrochen sehen, während er sie suchte. die ganze zeit über hatte ich angst vor ihm, etwas bedrohliches ging von ihm aus, ja ich zitterte heimlich vor angst. ich konnte nicht den ganzen raum einsehen, nur soweit das schlüsselloch es erlaubte. er konnte sich beispielsweise ungehindert an die türe heranschleichen, konnte mich längst durchschaut haben, konnte mir seit geraumer zeit etwas vorgemacht haben, um mich in sicherheit zu wiegen, außerdem mußte ich auf der hut sein, daß mich niemand bei meiner tätigkeit überraschte. ich lauschte entsetzt den zufälligsten geräuschen. ich erschrak vor mir selbst, vor meiner eigenen körperlichkeit. ich verschlang jeden gegenstand, den ich durch das schlüsselloch sehen konnte, mit meinen blicken. ich dachte nach, welche rolle diesem und jenem gegenstand nach einem mord zufallen würde. würde er entsetzen erregen, gleichgültigkeit auslösen? grauen? ekel? würde er zerbrochen sein? auf dem boden liegen? oder würde er unbeteiligt weiterhin seine wesenhaftigkeit bewahren? was würde mit dem stuhl geschehen? mit dem hut auf dem kleiderhaken? würde der kalender schief an der wand hängen? eine zeitlang kämpfte ich mit der versuchung, den alten zu sprechen, ihm ins gesicht zu starren, eine reaktion seines ich auszulösen. endlich riß ich mich los. ich war nur zufällig in das haus gekommen, ohne vorsatz, ohne absicht. der einfall hatte mich unmittelbar vor dem türschild übermannt, vielleicht ging er auch vom türschild selbst aus, jedenfalls vermag ich nicht mehr zu sagen, was mich überhaupt bewogen hatte, gerade dieses haus auszuwählen, ich trat zurück auf die straße. den ganzen tag fuhr ich mit verschiedenen fahrzeugen, um meine spur zu verwischen. die funktionen der dinge veränderten sich. die blicke der menschen erhielten eine neue bedeutung. einige male genoß ich den wahn, verfolgt zu werden. ich kaufte mir einen alten bambusspazierstock. ich hatte den wunsch, mein äußeres mit meinem inneren zu verändern. ich wollte einen schnurrbart besitzen. nach einigen stunden versteckte ich den spazierstock hinter einer haustüre, um mich nicht zu verraten. ich wagte es nicht mehr, den spazierstock wieder an mich zu nehmen. ich kontrollierte die auffälligkeit meines benehmens. es war winter. ich hetzte mich selbst. ich erwog allen ernstes, mich in eine außergewöhnliche situation zu begeben, UM DIE WIRKLICHKEIT ZU ERFAHREN! ich rechnete mir den handlungsablauf im vorhinein auf einem stück papier aus. ich betrat eine öffentliche bedürfnisanstalt, schloß mich in eine

kabine ein. plötzlich sah ich einen großen, schwarzen schuh aus der nebenkabine durch den spalt meiner zelle fahren. ich rührte mich nicht, ich wagte nicht, ein geräusch von mir zu geben. es war ein großer, schwarzer schuh. er sah aus wie ein tier. ich bildete mir ein, eine riesenhafte bakterie sei in meine zelle eingedrungen. ich stand auf. ich schlich hinaus. ich mußte ganz leise sein. ich durfte mich nicht verdächtig machen. ein herr im homespun stieg vor mir die treppe nach oben. ich kannte ihn nicht, trotzdem grüßte ich ihn, man bedenke, obwohl ich mich nicht verdächtig machen durfte, grüßte ich ihn! ich fragte ihn nach einer bestimmten straße und bedankte mich überschwenglich. ich spürte förmlich, wie es hinter meiner stirn regnete, worte wie regentropfen kitzelten meine hirnhaut. ich war überzeugt, daß man nach mir suchte. man suchte, kroch langsam auf mich zu. in gedanken durchschritt ich jeden weg, den ich genommen hatte, jeden hausflur, in dem ich mich ausgerastet hatte. noch hatte man mich nicht gefunden, noch konnte man mir nichts beweisen und selbst, wenn man bereits annahm, daß ich der gesuchte war, was bedeutete es schon?
faule blätter kamen unter dem schnee zum vorschein. ich legte sie mit dem fuß frei. ich fand eine kippe und zündete sie an, obwohl ich noch eine schachtel zigaretten bei mir hatte. es begann ein wenig zu regnen. ich beobachtete das sich öffnen und schließen der regenschirme. ich betrat eine apotheke. es war ein riesiges, gelbes C an die innenseite der glastüre gemalt. ich glaube, ich betrat die apotheke nur wegen des großen, gelben C. ich kaufte eine pipette. eine weile stand ich vor der glastüre und starrte auf das große, gelbe C. ich prägte mir die türe, den holzrahmen, die gelbe farbe, die dunkelheit hinter der glasscheibe und die form des C genau ein. ich stieß einige pfiffe aus, aus freude über den physikalischen vorgang, den ich damit auslöste, ich spielte mit dem gedanken, zurückzugehen und das schild an der wohnungstür des greises nochmals zu lesen. jemand ging an mir vorüber. er ließ eine bemerkung über mich fallen und lachte ungehemmt ... – ich konnte die dinge klar auseinander halten! immer noch konnte ich mit dem fuß schwarze blätter freilegen, gefärbt durch faulin, an den rändern noch etwas gelb, und in der mitte ein wenig röte von erythrophyll. ich machte kehrt. ich lachte mit den nasenflügeln. ich verspürte es zum ersten mal. noch nie

habe ich an mir festgestellt, daß ich mit den nasenflügeln lache. übrigens war mein horoskop zu jener zeit gerade günstig. ich hatte es in einer aufgelegten zeitung an einem zeitungsstand gelesen. ich folgte einem passanten, der an einer art ataxie litt. er circumducierte seinen linken fuß nach außen, während er seinen rechten nachschleifte. später begegnete er jemandem. ich ging weiter. ich konnte ihn noch zwei worte sprechen hören. ich nahm mich selbst mit meinem inneren auge aus einer anderen perspektive wahr. ich sah mich in gedanken von hinten. ich versuchte mit ungelenken schritten dahinzuschlurfen. ich projizierte die worte, die ich gehört hatte, vor meine augen. schlurfend überquerte ich eine brücke. es war ein mittlerer sonnentag von 24h 3′ 56″ 555 sternzeit. kekkek, kekkek, kekkek. einige vögel flogen durch die luft.

zu jedem gedanken a existiert ein gedanke a+. ich trete an das geöffnete fenster. ich atme ein wenig sauerstoff. ich spucke von meinem fenster aus auf einen vogel, treffe ihn und er fliegt mit meinen enzymen auf einen baum. ICH MACHE MEINE AUSSAGEN INNERHALB EINES GEWISSEN KALKÜLS. ich finde meinen asthmainhallator nicht. ich vertreibe mir die zeit, indem ich den inhallator betätige. kchichchkchichch. es kracht in meinem ohr, wenn ich gähne. ICH VERGEHE VOR WONNE! interferenz von gedanken bis zur kopfleere. leide ich an fieber? ich überlege im stillen, ob ich mich des zimmerthermometers bemächtigen soll, um meine körpertemperatur zu messen. zerfallen die proteine in meinem kopf? lösen sich meine gedanken mit den proteinen auf? im selben moment geht ein mann mit einem schubkarren unter dem fenster vorbei. er schiebt einen kasten. ich bin ihm sofort auf den fersen. als ich ihn eingeholt habe, bleibe ich stehen & sehe ihn stracks an. wie es wohl seinem karfiolgehirn ging?

was ich bin: ein wurm
eine laus
eine fliege
nichts
ein atom
eine amöbe
ein chromosom
die no 6
H_2O
ein ungeziefer
salmiak
fjodor dostojewskij

es ist früher morgen. ich höre die elektrische auf der straße vorbeifahren. mein gehör ist krankhaft empfindlich und bringt mir die alltäglichsten geräusche schreckhaft zu bewußtsein. auf dem boden liegt meine brille, das glas ist zerbrochen, ich bin so fassungslos, daß ich die brille ein wenig auf dem boden liegen lassen muß, um mich an den gedanken zu gewöhnen. wie konnte die brille zerbrechen? ich hebe die brille vom boden auf, stecke sie ein und mache mich auf den weg zum optiker. ich weise meine brille vor, bitte um eine reparatur. ja, das könne unmöglich sofort erledigt werden. ich müsse schon geduld zeigen, zumindest bis zum abend. ich wende ein, daß mein sehvermögen außerordentlich schwach sei, führe meine dioptriezahl an und den umstand, daß ich über keine ersatzbrille verfüge, aber der optiker ist zu keiner schnelleren erledigung zu bewegen. schließlich schlägt er mir vor, mir gegen einen geringfügigen einsatz eine leihbrille zur verfügung zu stellen. es ist ein altes, radförmiges ungetüm von brauner farbe, wie es ohne aufzahlung bei ärztlicher verschreibung von krankenkassen ausgefolgt wird. eine leichte übelkeit steigt in mir hoch, als ich das kalte, fremde gestell auf meine nase setze, zudem stelle ich fest, daß das brillenglas verschmutzt ist und mein ausblick durch den groben, breiten rahmen beeinträchtigt wird. ich suche nach meinem taschentuch, aber bevor ich die brille berühre wird mir bewußt, daß ich, nachdem ich die brille gereinigt hätte, das taschentuch nicht wieder ein-

stecken könnte. ich könnte dieses taschentuch nicht mehr ertragen, wäre nicht mehr in der lage, es mit mir herumzutragen.
bevor ich noch zu einer entscheidung gelange höre ich den optiker fragen, ob die ersatzbrille wohl nicht zu schwach für meine augen sei.
neinnein, keineswegs, ich hätte eine vortreffliche sicht! ja, dann möge ich sie ihm noch kurz zur verfügung stellen, er beabsichtige, sie generell zu reinigen – und er verschwindet hinter dem vorhang ...

es ist, als ob die ungewohnte brille, der veränderte druck auf der nase, die neuen gewichtsempfindungen im gesicht meine wahrnehmung beeinflußten. vor mir liegt eine zeitung auf dem gehsteig. ich gehe an ihr vorbei, bleibe stehen, gehe zurück und verschiebe sie mit einem fuß. das bewegen der zeitung auf dem asfalt verursacht das in gedanken bereits erwartete geräusch. neben dem eingang zu einem drogeriegeschäft ist ein riesiges thermometer an der mauer angebracht, an dem ich die temperatur ablese. wie stets, wenn ich durch geschäftsstraßen spaziere, schenke ich den firmenschildern meine aufmerksamkeit. unter anderem fällt mir besonders ein schild auf, auf welchem ein wie amputiert dargestellter unterarm mit gestrecktem zeigefinger den weg zu den toiletten weist. ohne mir zunächst eine erklärung dafür geben zu können, kommt mir der gedanke, dieser unterarm stelle einen – nach einem gewaltverbrechen abgetrennten leichenteil dar. vor einem gasthaus, in einem glaskasten, stoße ich auf eine menukarte:

bouillon mit ei	2.80
gemüsesuppe	2.90
zwiebelrostbraten mit bratkartoffeln und grünem salat	14.10
gebackene leber, reis, grüner salat	12.60
hasenragout	23.80
scholle, mayonnaisesalat	12.90

ein hund läuft über die straße, viel zu kompliziertes lebewesen, fliegendreck auf der speisekarte, tote fliegenkörper am boden des glaskastens. alles zu kompliziert, zu kompliziert. die fliegen selbst zu kompliziert, zu komplizierte lebewesen. im gegenteil: wenn man nur das

seezungenfilet	nach gewicht	ganze betrachtet ist alles einfach (beckett). denken, wie ein hund vorm einschlafen. soja. am besten, ich verfertige bleistiftzeichnungen über was ich sehe. nur umrisse, nur hohlkörper, keine farben, wahllos, alles in meinem zimmer oder auf der straße
kompotte:		
kirschenk-		
zwetschgenk-		
marillenk-		
apfelk-	2.70	
guglhupf	2.80	
malakofftorte	4.10	

---

langsam schlendere ich die straße hinunter. ich bewegte mich mit meinem circulierenden blut. die luft war voll von schwaden rasender blätter... der asfalt war von blättern geradezu überschwemmt. ich litt an meinen wahrnehmungen wie an einer krankheit. ich erschrak vor einem plötzlichen geräusch, das mich für sekundenbruchteile annehmen ließ, ein gegenstand falle durch die luft. in wirklichkeit waren in einem fenster die rolläden geschlossen worden. ein mikrobenhaftes gefühl hatte mich befallen. augenpaare saugten meine erscheinung auf, verdoppelten mich, setzten mich in ihren köpfen zusammen, ließen mich wieder verschwinden. ich bückte mich und hob ein verschmutztes kalenderblatt vom boden auf. auf dem kalenderpapier war es mittwoch, 26. Oktober. die blätter liefen vor mir her, wie kleine unheimliche tiere, ohne einen laut, nur ein kratzendes reibgeräusch von sich gebend. ich kam vor die auslage eines uhrengeschäftes und blieb stehen, um meine taschenuhr auf die richtige zeit einzustellen, jedoch nur auf zwei der uhren stimmte die zeitanzeige überein, mir fiel ein, daß ich einen hut auf dem kopf trug, ich nahm meinen hut vom kopf und las das schild

p. & c.
habig
wien
hutmacher
1862
specialqalität

ich kam mir auf eine angenehme art und weise ausgestoßen vor, mit meinem schwarzen hut, dem schwarzen mantel, den ungeschnittenen langen haaren, der runden brille und einer hustensaftflasche in meiner hosentasche. aufmerksam betrachtete ich die entgegenkommenden menschen, schätzte ihre schädelradien, die abmessungen ihres hutumfanges und verglich sie mit meinem. ich begutachtete jeden kopf, kam jedoch zu keinem endgültigen resultat. entweder verhinderte die haardichte eine genaue schätzung, bzw. der eilige gang des betreffenden, oder ich begegnete abnormen radien von 400 und 700 millimetern. möglicherweise aber war dieser umstand nicht so bedeutend, wie ich mir einbildete. ich kaufte eine zeitung und machte an den freien rändern notizen. vor der militärschwimmschule hielt ich an, um einen längeren einfall an den weißen druckrand zu schreiben. plötzlich stellte ich ungewohnt heftiges farbenempfinden an mir fest, ein schreiend grüner bretterzaun, zwei tiefblaue hohe flaschen in der auslage eines antiqariats, ein gelbes verwittertes haus mit einer sonnenuhr, das grün der straßenbahn, das gelb der postkästen , ein orangeroter holzwagen des städtischen bauamtes, ein blaues auto, ein violettes tapetenmuster durch ein geöffnetes fenster, ein rotes geländer in einem stiegenhaus versetzten mich in einen zustand körperloser trunkenheit. im stehen phantasierend gab ich mich den eindrücken der farben hin, den colores adventicii (boyle), imaginarii und phantastici (rizzetti), den couleurs accidentelles (buffon), den scheinfarben (scherffer), augentäuschungen und gesichtsbetrug, den vitia fugitiva (hamberger), den ocular spectra (darwin). ich lauschte dem klirren und klimpern, dem dröhnen und stöhnen, dem läuten und bimmeln, dem sprechen und singen, dem lachen und krachen, dem lärm, dem getöse, dem stimmengewirr, dem quietschen, dem klingklang, den köstlichen luftschwingungen.

ich empfand kein vergnügen bei dem gedanken, in mein zimmer zurückzukehren und von meinem fenster aus die vögel zu beobachten, die klein wie ein fliegenschwarm über den asfalt krochen. ich folgte einem jungen paar, das einen häßlichen hohen kinderwagen vor sich herschob, bis es unvermutet vor einer kirche anhielt. die junge frau deckte das kind mit einer schmutzigen decke zu und verschwand mit ihrem mann durch das dunkle kirchentor. die straße war vollständig leer. ich hätte ohne schwierigkeit das kind aus seinem häßlichen wägelchen entfernen können, um es mit mir zu nehmen. oder den kinderwagen in einer fremden straße abstellen und seinem weiteren schicksal überlassen können. statt dessen betrat ich die kirche und setzte mich in eine der bänke. mich verfiel durch die brille, wie ich mir einbildete, auf die idee, mich an den beichtstuhl heranzumachen, als beabsichtigte ich zu beichten, müsse jedoch kehrt machen da er besetzt sei. innerlich war ich von abscheu gegen den beichtstuhl erfüllt. ein fettiggelbes greisenohr, in das ein mensch kriecht, als sei er nichts als eine schallwelle, die auf ein stück trommelfell trifft und es in schwingungen versetzt. ich schlenderte vorsichtig heran, öffnete die türe, glitt aus und stolperte in das innere. ich war ungeheuer schnell wieder auf den beinen, aber bevor ich mich noch davonmachen konnte, wurde das schiebetürchen zur seite geschoben und eine stimme sprach mich an. dieser vorgang brachte mich gänzlich aus der fassung. ich beugte mich nach vorn und tastete nach einem haltegriff. sogleich jedoch, als ich die eiseskälte des holzes fühlte, fuhr ich zurück, verbarg meine hände in meinen hosentaschen und wankte – eine entschuldigung murmelnd – auf die straße. in einem hausflur schob ich den ärmel über meinem handgelenk zurück, lehnte mich an die wand und befühlte das pochen meines blutes. ich sagte mir, daß es soeben aus dem gehirn käme, wo es meine gedanken durch die gefäße transportiert hätte . . . neinnein, ich saß wohl meinen eigenen ideen auf, haha, es war wohl ein wenig wahnsinn der mich kitzelte. übrigens steckte auch ein qantum absicht dahinter, nicht wahr? negierte ich nicht mit vollem bewußtsein die wirklichkeit, spielte ich nicht ununterbrochen ein spiel, in das ich die wirklichkeit nur miteinbezog, um sie so zu verändern, als sei sie meine erfindung? ließ ich nicht meine erfindungen selbst wirklichkeit werden, indem ich meine umwelt zwang, sie als tatsache aufzunehmen und darauf zu reagieren? ich machte die wirklichkeit zu meiner erfindung, ich zwang sie in diesen meinen kopf, in meinen klumpen gehirn, zwang sie durch den filter meiner erfindungen hindurch, hindurch, jawohl, durch meine eige-

nen empfindungen ... ich spielte meinen gehirnzellen etwas vor und mein kopf saugte wirklichkeit durch seine pupillchen und öhrchen in sich auf.
ich befand mich wieder im freien. ein mensch ging an mir vorbei, streifte mich mit seinem mantel. kleine flache menscheninsekten krochen aus den kellerfenstern. weiße und gelbliche parasiten von der ordnung der anoplura. immer mehr ungeziefer überschwemmte jetzt die straße. apterygota, thysanura, protura, collembola, pterygota, exopterygota, orthopteroidea, dermaptera, perloidea, plecoptera, psocoidea, copeognatha, mallophaga, ephemeroidea, ephemerida, libelluloidea, odonata, thysanopteroidea, hemipteroidea, gymnocerata, cryptocerata, homoptera, endopterygota, neurptera, megaloptera, planipennia, mecoptera, trichoptera, lepidoptera, rhopalocera, heterocera, coleoptera, adephaga, polyphaga, strepsiptera, hymenoptera, symphytapocrita, terebrantes, aculeata, diptera, nematocera, brachycera, cylorcapha, aphaniptera, eine flut von menschlichen spinnen, flöhen, läusen, schnaken, stechmücken, zuckmücken, gallmücken, pilzmücken, bremsen, raubfliegen, wollschwebern, hausfliegen, dasselfliegen, schmeißfliegen, fledermausläusen, schlupfwespen, gallwespen, holzwespen, ameisen, hornissen, hummeln, mauerwespen, wegwespen, maskenbienen, grabwespen, blattschneiderbienen, pappelblattwespen, rosenblattfressern, jagdspinnen, krabbenspinnen, fächerflüglern, kolbenflüglern, skarabäen, mistkäfern, grabkäfern, aaskäfern, kurzflüglern, ölkäfern, schwarzkäfern, feuerkäfern, blattkäfern, rüsselkäfern, borkenkäfern, mistkäfern, blasenkäfern, laufkäfern, wasserkäfern, taumelkäfern, nachtfaltern, gelbbrandkäfern, frostspannern, libellen, hautflüglern, wurzelbohrern, zahnspinnern, raupen, larven, johannisbeerenglasflüglern, gabelschwänzen, buchenspinnern, blutströpfchen, totenköpfen, schwärmern, wandfaltern, eulen, spannern, distelfaltern, schmetterlingen, mauerfüchsen, borstenschwänzen, springschwänzen, grashüpfern, grillen, schaben, läufern, springern, ohrwürmern, netzflüglern, haarlingen, federlingen, eintagsfliegen, grashüpfern, heuschrecken, gottesanbeterinnen, pechlibellen, mosaikjungfern, vierflecken, plattbäuchen, blasenfüßen, fransenflüglern, schnabelkerfen, pflanzensaugern, wasserwanzen, schildwanzen, raubwanzen, wasserkäfern, zikaden, blatthüpfern, mottenschildläu-

sen, apfelblattsaugern, haften und schlammfliegen, eine hektische folge winziger kriechender, krabbelnder wesen, die sich aus der dunkelheit verborgener löcher ergoß und das tageslicht überschwemmte. irisierende gedanken durchschillerten mein gehirn. ein auto fuhr vorbei. die blätter hinter ihm flogen hoch auf, eine wolke kleiner schmetterlinge. ich setzte mich in ein cafehaus vor die riesige scheibe eines fensters. die insektenmenschen gingen an mir vorüber, wie unter einem vergrößerungsglas, eine ungeheure maschine drehte mich durch ihr räderwerk, die blumen waren bizarre farbenfangende mechanismen, die menschen tierchen, die sich in ihnen verkrochen. bilder ließen sich auf meiner netzhaut nieder. ich saß da und wartete auf die worte, die in meinem kopf entstehen würden, wartete bis sie entstanden waren, beobachtete sie, wenn sie an meinem inneren auge vorbeizogen und richtete über ihre existenz.

ein regentropfen ist 1 mm groß. ein singvogel besitzt eine räumliche ausdehnung von 10 cm^2. ein mensch hat eine größe von 180 cm. die größten bäume sind 100 m hoch, die erde hat einen durchmesser von 12 756 km. der durchmesser der sonne beträgt 1,4 millionen km. die sonne ist 150 millionen km von der erde entfernt. 3,26 lichtjahre sind 30,8 billionen km. die milchstraße hat einen qerdurchmesser von 10 000 lichtjahren. die milchstraße hat einen längsdurchmesser von 100 000 lichtjahren. die fernsten beobachteten nebel sind 500 millionen lichtjahre von der erde entfernt. der hypothetische radius des weltalls beträgt 3 milliarden lichtjahre. mein kragenknopf mißt 1 cm.

es ist still in meinem zimmer, nur manchmal knackt der boden. ich horche den raum ab, fahnde mit meinem gehör nach den kälte- und wärmebewegungen der dinge. wenn ich in den weißen herbsthimmel blicke, kann ich vor meinen augen die bewegung von gläsernen, nach innen gewölbten kreisen beobachten: das fließen von blut in den kapillaren, durch einen physiologischen vorgang vor meine augen projiziert, als handle es sich um luftzellen.
es wird mir immer unerträglicher in meinem zimmer zu sitzen. ich trete auf die straße und lasse mich willenlos von jedem äußeren eindruck aufsaugen. ich nehme bilder zu mir,

wie drogen. ein glatzköpfiger mann kommt mir entgegen – plötzlich habe ich den eindruck, daß ich selbst kahlköpfig bin! ich besitze kein einziges haar mehr auf dem kopf! mein gesicht verzieht sich, meine unterlippen fühlen sich wulstig an und auch das gefühl auf meiner kopfhaut ist verändert. ich fühle kälte und eine seltsame spannung. mein denken scheint der kraft des momentanen sehens nicht gewachsen zu sein, es zerfällt wie radioaktive substanz. wie im rausch gebe ich mich dem optischen eindruck eines vollkommen weißen hauses hin, herbstblättern, die von teerfarbe bekleckst sind, einer riesigen zeigerlosen uhr eines geschäftes, mein gehirn ist wie ein gefräßiger magen, der die welt in sich hineinschlingt, ich blicke zu den fensterrahmen auf, zu den wahnwitzig rasenden punkten, die linien, formen, gegenstände entstehen lassen, die einen fensterrahmen bilden. ein kalter luftzug aus einer halbgeöffneten haustüre erschreckt mich. ich bin süchtig danach, etwas absonderliches zu sehen. ich trug übrigens meinen schwarzen mantel. ohne es zu wollen, wurde ich zur ursache der absorption von licht. ich fing lichtqanten, während ich dahinspazierte. die temperatur betrug 5 grad celsius. die sonne war so weit von der erde entfernt, daß sie nicht größer war als eine scheibe von 20 cm durchmesser.

ich gelangte in die zinzendorfgasse, ich versuchte den gang von zwei gebückten frauen, welchen ich zufällig begegnete, zu imitieren. (jene characteristische bewegung des auftappens auf dem boden, als gingen sie im dunkeln.) die verkommenere von beiden führte einen hund an einem schmutzigen bindfaden und war damit beschäftigt, ihm etwas zu erzählen. die andere trug eine mit einem leukoplaststreifen geklebte brille und stützte sich auf einen schwarzlackierten stock. ich ging etwas schneller, in der absicht, sie einzuholen, kam näher an sie heran und bemerkte, daß sie wattepfropfen in den ohren trug. sie schwatzte leise und aufgeregt mit sich selbst, schwieg, schwatzte zahnlos weiter ... jajajajahochotochott ... na? he? ...
die art und weise, wie sie dahinwatschelte und seufzte, wirkte in so starkem maße ansteckend auf mich, daß ich ebenfalls zu seufzen begann. ich mußte neben ihr einherschreiten, um ihr besonders deutlich ihren verstümmelten gang vor augen zu

führen. die Frau hielt an und warf einen fragenden blick auf mich. bitte sehr, ob ich etwas wünschte?
mit größter kälte beugte ich mich hinunter und erklärte, daß ich ihr etwas mitzuteilen beabsichtigte.
ja?
es handle sich um ihr ohr, das heißt um den wattepfropfen in ihrem ohre – sie sei im begriffe, ihn zu verlieren!
die frau griff verwirrt nach ihrem ohr, ging langsam weiter und stocherte aufgeregt in ihren gehörgängen. ein seltsames preisgeben jeglicher scham vollzog sich, das mich vor ekel auf die ausgefallensten gedanken brachte: sollte ich ihr ein bein stellen? oder ihr auf der ausgestreckten hand ein stück würfelzucker anbieten?

cirrostratus wolken. ein dünner, weißlicher schleier aus milliarden eiskriställchen von 0,005 bis 0,05 mm durchmesser. die atmosfäre ein eisiger sauerstoffdom von –40° celsius. gelbe blattkiemchen fielen wie abgestorbene organe von den bäumen. ein baum voll von blättrigen, roten lungenflügelchen, ein blutsturz raschelnder, platter lungenbläschen. der wind ließ nach, nur ab und zu schaukelte ein blatt zwischen den bäumen auf die erde. ein mann kam daher, er machte einen verwahrlosten eindruck. ein schwarzer hund (wolfshund?) begleitete ihn: ich trat zur seite, jedoch der mann wollte mir den weg absperren. er atmete mich an. ich grüßte. der unbekannte rührte sich nicht. er stand vor mir: auf einmal beschimpfte er mich. ich gab vor, nicht verstanden zu haben. es war still, nur irgendwo schnatterte eine amsel. der mann bewegte einen fuß und das laub raschelte. sofort stürzte der hund auf das laub zu und wühlte darin herum. in meiner not fiel mir ein ausweg ein. ich grüßte auf englisch, als verstünde ich ihn nicht, kehrte ihm den rücken und ging, ohne mich umzudrehen, davon. bald war ich außer sichtweite und unter spaziergängern. was war das für ein mensch? ein kranker? ich grübelte darüber nach und spazierte weiter. von weitem erkannte ich die ockerfarbenen gebäude des krankenhauses. war er hier entsprungen? wie aber kam er zu seiner bekleidung? ein mann mit einem schild, auf dem ein riesiges auge gemalt war, ging an mir vorbei. sofort folgte ich ihm. das auge starrte mich fortlaufend an, wohin ich auch ging. ich folgte dem mann ca. 5 minuten. er trug dasselbe schild auf dem rücken und auf dem bauch. ich befand mich in einem zustand gespannter wachheit. ich setzte mich auf eine bank und betrachtete die menschen, die an mir vorübergingen. ich beobachtete eine fliege beim ertrinken in einer pfütze, das zappeln der beine und das hektische flattern der flügel. ich genoß das bewußtsein, daß die welt außerhalb von mir existierte, ich sonnte mich förmlich in diesem bewußtsein! – ich stand auf. ich kam an einem haus vorbei, dessen wand einen entsetzlich klaffenden sprung aufwies. ich stellte mir vor, wie es im inneren des hauses aussehen mochte, ich dachte mir ein zimmer aus, bis in seine allerkleinsten einzelheiten, alles entstand in meinem gehirn, jeder winzige parkettfehler, jede unebenheit des fensterbrettes, der verlauf jedes sprunges an den wänden. ich stopfte es in gedanken mit finsteren möbelstücken voll, sagte mir, daß es schon seit jahrzehnten auf eine tödliche weise unverändert existierte ... und die bewohner? wer wohnte in diesem haus? plötzlich fiel mir auf, daß mein gehirn lautlos arbeitete, daß es funktionierte, ohne das kleinste hörbare geräusch von sich zu geben, etwas schreckhaftes begleitete diese entdeckung.

zu mittag trank ich in einem cafehaus ein glas wein, auf dem kalten marmortisch vor mir lag eine rechnung, die liegengeblieben war. mit einer seltsamen intensität fiel mir die ähnlichkeit der zahlen auf, die winzigen unterschiede von 0, 6, 9 von 1, 7, 2, die verwandtschaft von 8 und 3. ich trank das glas wein leer und verließ das cafe, ich löste eine fahrkarte zum schillerplatz. am schillerplatz stieg ich aus und spazierte wieder stadtwärts. ich ging hinter einem fremden her (ich versuchte mich selbst zu neutralisieren) und folgte ihm eine zeitlang ... er betrat ein gebäude, verschwand darin einige minuten und kam nach unvermutet kurzer zeit wieder heraus. ich war gierig nach bruchstücken ... ich beabsichtigte, mir eine summe kleiner fragmente zu gemüte zu führen. ich wechselte die menschen aus, hinter welchen ich herspazierte. ich genoß förmlich meine laune, menschen über einen von mir festgesetzten zeitraum in mein leben treten zu lassen. zum beispiel folgte ich einem mann mit einem spazierstock. ich hatte es in der hand, ihn auf mich aufmerksam zu machen oder an seinem leben anteil zu nehmen, ohne daß er nur das geringste merkte. ich ließ zu, daß sich der abstand zwischen uns vergrößerte, verringerte ihn jedoch stets nach meinem belieben. plötzlich schien der mann argwohn zu schöpfen. er hielt an, zögerte, spielte mir eine szene vor (– auf meine verfolgung hin! *ich* hatte ihn dazu veranlaßt, etwas für mich zu erfinden, ohne daß er wußte, welcher ursache er zum opfer gefallen war!). er nahm seine uhr vom handgelenk, hielt sie an sein ohr ... sie funktionierte nicht! er schüttelte sie, preßte sie abermals an sein ohr. währenddessen spazierte ich langsam an ihm vorbei, auf der suche nach einer unauffälligen stelle, an der ich die straße überqeren könnte, um einen blick auf ihn zu werfen. im selben augenblick machte der fremde in die entgegengesetzte richtung kehrt, bog um eine ecke und war wie vom erdboden verschwunden ... instinktiv betrat ich das nächste haus und lauschte ... war nicht soeben eine türe geschlossen worden? ich schlich die stiegen empor. im ersten stockwerk konnte ich keinen anhaltspunkt finden, auch das zweite stockwerk war wie ausgestorben. plötzlich bemerkte ich, daß mich aus kürzester distanz ein auge aus einem guckloch beobachtete ... es war ein helles auge mit einem deutlichen cholesterinring um die iris, es starrte durch das guckloch, starrte mich an ... die türe besaß ein auge, dessen blick ich ausgesetzt war. ich spürte den blick auf meinem körper, als hafte ihm etwas materielles an. war es der blick jenes menschen, den ich verfolgt hatte? ... denn, wie kam er sonst dazu, ohne jeden anlaß auf den gang zu starren!

... ich spaziere als fremder durch meine gehirnkammern, ich öffne meine nußschale, betrachte das nußähnliche ungetüm ... – manchmal lauschte ich pirrilillilimpim ... lirrilirripillpill – den fernen tönen eines klaviers – und nun lasset uns fortfahren auf dem vehikel der sprache.

gestern, vor dem einschlafen, habe ich das leben von paris sehr deutlich gesehen (im traum?), nicht geträumt, vielmehr wie im traum, eine sicht von paris. um fünf uhr erwache ich. mein blick fällt auf den schreibtisch. ich stehe auf und tappe im zimmer herum. das mobiliar, der schreibtisch bewegen sich hinter mir her. ich lege mich zurück auf das bett ... es ist nur mein anthropomorphes denken, das mich getäuscht hat.

gegen mittag läutete die klingel. die hausmeisterin ersuchte mich um eine tablette aspirin. dann fiel verputz von der decke. dann trug jemand einen in zeitungspapier eingewikkelten fisch an meinem fenster vorbei.

nachmittag. wie gewöhnlich machte ich eine runde um den häuserblock, als aus einer staubwolke licht eine frauengestalt in einem gelben kleid auftauchte. sie ging vor meinem haus auf und ab. am arm trug sie einen mantel mit einem pelzkragen, den sie aus nervosität nicht angezogen hatte. der mantel hing bis auf den boden hinunter, aber die gestalt schenkte dieser tatsache keine beachtung. sie bückte sich, schüttelte den kopf und ließ den mantel weiter über den boden schleifen. ich trat an sie heran, sie drehte mir das gesicht zu, eine fremde frau. ich sagte, daß ihr mantel schmutzig würde. sie war ganz zerstreut: ja? plötzlich gab sie sich einen ruck und schlüpfte in ihren mantel. danke. und ging weiter auf und ab. ich betrat das dunkle stiegenhaus und setzte mich in mein tapetenverklebtes zimmer, nein, dieses zimmer erdrückte mich! ich kannte die kleinste schadhaftigkeit des mobiliars, den wackligen tisch, den unheimlichen, hohen lehnstuhl, vor dessen abgeschabtem bezug ich mich in acht nehmen mußte! wie ein schmerz durchzuckte mich der gedanke, daß ich ihn versehentlich mit der nackten hand berühren könnte!
ich verließ das zimmer und lief zurück auf die straße. eine weile spazierte ich herum. einem einfall nachgebend brachte ich jede wahrnehmung in zusammenhang mit nietzsche, ich stellte mir z. b. vor, welchen reiz ein bestimmtes blatt oder eine zeitungsüberschrift im gehirnmechanismus nietzsches ausgelöst hätte, spazierte er an meiner stelle. ein blatt fiel von einem baum, überschlug sich, taumelte in meine hand ... der inhalt einer gehirnzelle nietzsches!
ich versuchte alles blau zu sehen, den baum, die blättchen wie blaue züngelchen erstickter vögel, blaue menschen, blaue fahrräder, blaue straßen, blaue haustüren ... in der sackstraße betrat ich eine buchhandlung und verlangte eine logarithmentafel. die zahlen auf den buchseiten erschienen mir wie ein ornament aus toten insektenbeinchen ... ein schreibgerät fiel von einem pult. ich hörte das geräusch ganz deutlich, es stand außer zweifel, daß irgendwo ein bleistift von einem

pult gefallen war, aber sofort bildete sich in mir der argwohn, dieses geräusch nur in einer unwirklichen, von meiner einbildung entworfenen dimension wahrgenommen zu haben. mit dem logarithmenbuch in der tasche kletterte ich die treppen von wohnhäusern hoch, um namensschilder zu lesen, einen blick durch halbgeöffnete türen zu werfen und altes mobiliar anzustarren. ich spürte das pochen des blutes in meinen fingerspitzen. etwas sagte mir ununterbrochen, daß ich mich nur in meiner eigenen cerebralen welt befände, in der bilderwelt meiner gehirnchemie ... ein etwa 40jähriger mann mit einem hellen regenmantel folgte mir. auf seiner nase wanden sich unzählige feine gefäße, die sich über seine wangen verbreiteten, feine violette kalkäderchen. ein kauderwelsch von bildern bestürmte mich. der mann hinter mir betrat einen trödlerladen. ein glöckchen bimmelte. ich war so abgemagert, daß die kleidung an mir herunterhing. ich prüfte nach, wieviel geld ich in der tasche hatte, zählte mit ungeduldigen fingern, ob es ausreichte, um ein hotelzimmer zu bezahlen. ich befand mich in einem zustand innerlicher vereisung. jedes bild wirkte wie ein feiner stich auf meine gehirnhaut, kalte tröpfchen zerplatzten auf der retina, ich kroch dahin, ein fadenspinnender seidenwurm!
*... ich läutete nach dem portier ...
... die ziffern auf den vergilbten emailschildchen waren schwarz, fett, bauchig, ein wenig verschnörkelt ...
... ein desolates braunes zimmer mit schiefen wänden ...
... leichter uringeruch; der kasten stand schief und war nur durch ein stück draht, das an einem nagel in der wand befestigt war, am umstürzen gehindert ...
... ich stolperte zum fenster, mein lymphatisch roter astralleib glitschte durch das inferno des zimmers. von weitem sah ich schulkinder den gallertigen schwarzen qader des gymnasiums verlassen. bilder fraßen sich wie madengewürm in mein graues gehirnfleisch, allerlei gedanken, leuchtende punkte in meinem kopf, setzten sich in bewegung und durchwanderten osmotisch mein bewußtsein.

... die vase auf dem tisch sah aus wie ein gesicht. ich stellte mich vor den spiegel (in dem ich die vase sehen konnte),

* es folgen unleserliche zeilen.

sperrte den mund auf und pinselte meine zerbissene wangenschleimhaut. ich verstaute das fläschchen pyralvex und den pinsel wieder in meinem mantel. mir fiel die qalvolle prozedur des einsetzens eines sperrapparates in den mund ein, wenn man im krankenhaus die nahrung verweigert. kleine schwarze schaben tropften von den feuchten wänden – knacks! – winzige knöcherne vögel...

...ein fester gegenstand stieß durch die jackentasche gegen meine hüfte. ich griff nach ihm, er war durch die zerrissene tasche ins futter gewandert. ich konnte ihn nur dadurch, daß ich das loch vergrößerte, ans tageslicht befördern. zu meiner überraschung war es ein fläschchen hustensirup (codelum mit codein), das ich vor einigen tagen in einer apotheke gekauft hatte, um meinen medikamentenvorrat zu ergänzen. ich nahm einen schluck zu mir. der himmel fraß sich durch das fensterglas, ein rotzgrünes, unverdauliches konzentrat. ich schloß die vorhänge und knipste das licht an. meine finger waren so kalt, daß ich kaum eine empfindung wahrnehmen konnte. ich schloß die augen und sah den zackigen leuchtdraht der glühbirne in meinem gehirn aufleuchten. der leuchtdraht wurde dunkelrot, gleich darauf braun und verfloß zu einem fleck. er hüpfte überall hin, wohin mein Blick fiel: auf den türgriff, auf die waschschüssel und den spiegel, auf das handtuch, auf den plafond. ich schloß die augen und der fleck leuchtete auf, wurde blau auf rotem grund, verfärbte sich von den rändern her langsam gelb, der hintergrund wurde braun, verfloß und verfärbte sich blau, während der fleck wieder seine rote farbe annahm. von nervosität befallen öffnete ich die augen. ich betrachtete das zimmer und versuchte meine anwesenheit in das zimmer hineinzudenken, während der fleck blasser wurde und dahinschmolz. er setzte sich jedoch noch immer dorthin, wohin mein blick fiel, auf den kasten oder auf die sessellehne... ich öffnete meinen hemdkragen und ging herum. das alte, häßliche mobiliar ängstigte mich geradezu vor ekel. in der waschschüssel fand ich ein fremdes haar – ganz gewiß war es das haar eines fremden und nicht mein eigenes. ich öffnete den kasten, roch seinen geruch – so riecht die zeit, die im holz fault – ich fand auch einen zigarettenstummel – (im kasten!) – und las ein wenig auf dem zeitungspapier, mit dem der kasten ausgeschlagen war. *ich mußte jede sekunde* durch die folgende *kompensieren,* jedes bild durch sein folgendes. ich versuchte ein geräusch zu hören, ich konnte aber nur die geräusche meines eigenen organismus wahrnehmen, die zeit löste sich auf – langsam und auf eine qälend geräuschlose weise. während ich jeden gedanken, der mir in den sinn kam, aufgriff, begann ich mein denksystem zu beobachten. ich ertappte mich, wie ich zuließ, daß sich mechanismen meiner gedanken bemächtigten und sie von zahnrad zu zahnrad weiterreichten. eine zeitlang versuchte ich die mechanismen zu ignorieren ... ich stand von meinem bett auf. eine schleimige assimilierbarkeit klebte an den dingen. ich riß das fenster auf. ich schwebte auf meinem blick 3 stockwerke hoch über der straße. viszeraler gedankenschaum stand vor meinem mund ... zitternde bilder schmolzen in meinem kopf.

DER EIDETIKER PROJIZIERT SEINE HALLUZINATIONEN AUF DIE LÄCHERLICHE STOFFLICHKEIT SEINES GESICHTSFELDES STETIG VERGOSS ER DEN ZÄHTROPFIGEN INHALT SEINER HIRNSCHALE.

weltanschauung tropfte auf den fußboden. krickkrack, bilderzerstückelnde maschinen knacken wahrgenommenes auseinander wie nüsse. gedankenmetastasen überwuchern gehirne. ICH GENIESSE DAS CURARE MEINER GEHIRNBLÜTEN. paralyse. kosmophagische krämpfe. federkitzel in den ohrgängen. äderchen platzen. juckreiz. langsam adaptiert sich mein schleimig-feuchtes auge. ich wälze meinen kariesbefallenen, furunkulösen körper auf dem sofa. ich habe einen nach meinem willen tickenden zeitraster über meinen kopf gestülpt. die bekenntnisse eines katakonikers, haha! der ekel vor den menschlichen stimmen, den menschlichen händen, den menschlichen nasen, den menschlichen stimmbändern. JEDE ÄUSSERUNG EINE EJACULATIO PRAECOX DES HIRNBREIS! klatsch, da platscht literatur aufs papier, spucke, scheiße, bronchialer schleim, tripperausfluß! schlürf sie aus, wie eine auster! fragmentarische enzyklopädien! retinale wirklichkeiten! wortausschläge! setz' dich zur wehr wie ein absurder wortdermatologe!! ...

asymptote, integral, cotangens, sinus, parallele, kubus, hexagonal, subadditiv, sphäre, parameter, sekante, pi, lagrange, intransitiv, hypothese, graphe, hypotrochoid, helix, das fouriersche theorem, gleichung, duodezimal, adiabatisch, differential, amplitude, annihilator, approximation, arcus cosecans, zyklometrisch, bikompakter raum, binomialkoeffizient, cartesisches produkt, chiqadrat, dreiblättrige rose, dyade, dyn, eillinie, oval, polygon, evolvente, disjunktion, semicircle, azimuth, abszisse, astroid, descartessches blatt, zylindroid, tafeldifferenz, reliefkarte, vektor, volumelastizitätsmodul, polynom, dialytisch, HIMMELSÄQUATOR, minimaxtheorem, dilatation, ellipse, triangulation, superpositionsprinzip, reduzibel, der taubersche satz, parallaxe, parallelotop, parallelepipedon, modul, minuend, epitrochoide, zahlkörper, epicycloid, ordinate, vierblattkurve, homöomorphismus, im uhrzeigersinn, tetraeder, wurzelexponent, prisma, null, torsionsfläche, hypotenuse, vektor, oszillierend, die wronskische determinante, zykel, korrelationskoeffizient, skalar, SUBHARMONISCH, kongruenzintervall, tensor, lemma, qadrillion, phase, stereografisch, SPIEL MIT DER SUMME NULL, theolit, ikosaeder, mantisse, orthogonal, operator, varianz, regressionskoeffizient, kurtosis, metrisierbar, rhomboid, die zweidimensionale geometrie, radikant, radizierung, spiralfläche, loxodrome, nabla – operator, trajektorie, residualspektrum, SPHÄRISCH, parabol, perzentil, prismoid, partikulär, periodisch, peripherie, koordinate, sekulartrend, rationale zahl, trajektorie, steradiant, isoperimetrisch, inkommensurabel, koaxial, trillionen, »dann bleib einfach auf der straße stehen, schau dir die ausdruckslosen gesichter der leute an und sage dir: das wichtigste ist nicht gesagt worden, weil es erst noch gefunden werden muß. also handle!« (cohn bendit: linksradikalismus-gewaltkur gegen die alterskrankheit des kommunismus, rororo aktuell 1156/57, seite 273, schilling 28.90, kaufen sie dieses buch, wo immer sie es erhalten können und lesen sie es im bett), torsionsfläche, zufallsvariable, lituus, indikatrix, trisektrix, qantoren, reguläres polygon, koinzidirend, konfokal, selbstadjungiert, unendlich, zenitdistanz, zentigramm, zehneck, monom, multifolium, meridian, hodograph, traktrix, vertikale, POLARKOORDINATEN, sexagesimalsystem, pseudosphäre, kardioide, prismoidformel, praedikatensymbol, zetafunktion, rhomboeder, residuum einer funktion, reelle zahlen, rektifizierbar, anus, anus, anus, rektaszension, produktraum,

qadrik, pantograph, syllogismus, krummlinig, involution, irreduzibel, DIE TRANSZENDENTALE ZAHL, unitär, variabilität, unser herr bundeskanzler, trendkurve, transfinitif, trinom, trochoid, meromorph, pantograph, variabilität, wendetangente, lemniskate, kontravariant, diskriminante, 1+1=2, punkt.
– alles was an meinen augen vorüberhuscht ist eine krankhafte reizung meines kleinhirns. die menschen zirkulierten auf den promenaden, das alles kannte ich auswendig, zirkulierten, solange es tag war.

in dein hirn wuchan 15 milliadn neavnzöhn, in da großhianrindn san in jedn kubikmillimeta hianschelee 100000 neavnzöhn! sog'n ma a raiz wiad ühbatro'gn ... waast wie? zack! a spannungsimpulserl, daua cirka 0 komma 5 millisekunden, ambliduderl 80 millivolt grabbelt üba de fasa von den neavn und pflanzt ihm sölba üba die nächste synapsn fuat

wie groß ist nun aber der informationsfluß, der über die sinnesorgane einströmt?

jo bei di augn ... san cirka 400000 büdpunkta wos in ana segundn vanoscht wean kennan, dos hast, es kennan 16 büda in ahna segundn no übazuckat wean, dost as aa meakst. bei di oahn host an informationsfluß von 40000 bit in anara segunden ... bit hoit, waast eh! ba die augn sans 50 müllionen bit in anar segundn, ois zsamman, koid, haß, gruchn, schmeaz, der geschmack, druuck undsoweida san cirka 10 millionen bit, wos in ana segunden vanoscht wean ... waunst oba nua des nimst, wos min bewußtsein zsaummanhengt, nocha gibts kan infoamationsfluß wos üba 50 bit in ana segundn liegt ... geh, hea wiadd, bringans no zwa bia!

o weh, dürftige geschichte!
ja, du bist wie die kunst!
nur ruhe, o illusorische zinsen,
des kapitals ideal.

jules laforgue

something about the death of mr. makaritzer:
soeben wurde herr makaritzer, der sich zwei stockwerke unter mir eingemietet hatte, von einem der tradition entsprechenden schwarzen leichenwagen in das forensische institut überführt, wo er erfahrungsgemäß in wenigen minuten dem

sektionsprozeß anheim fallen wird. während die fleißigen ärzte nun ihre schwere pflicht verrichten, an ihm, dessen existenz ihnen erst in diesem augenblick bewußt wurde, da sie des abfallprodukts derselben ansichtig wurden, sitzen wir hier und erfreuen uns unseres im augenblick wohl ungefährdeten lebens. wollen nicht auch wir für eine kurze minute seiner gedenken? ACH, ARMER MAKARITZER! welche eindrücke herr makaritzer in mir hinterlassen hat:

herr makaritzer war klein. herr makaritzer hatte eine glatze. herr makaritzer war markensammler. sein bester freund war ein schwarzer kater. jedermann wußte, daß der schwarze kater der beste freund des herrn makaritzer war. herr makaritzer hatte einen gebückten gang. herr makaritzer war katholisch.

wie herr makaritzer starb:

die feuerwehr mußte seine türe aufbrechen. der schlüssel steckte von innen. zuvor hatte er noch seinen kater ins freie gelassen, er lag tot in seinem bett. der polizist teilte mit, daß sein vorname julius war. zum ersten mal wurde mir der vorname des herrn makaritzer gewahr.

was nun mit herrn makaritzer geschieht:

sollen wir nun darangehen und aufzeigen, was große männer über den tod gedacht haben? sollen wir dich, julius makaritzer, noch mit dem weisen spruch eines sokrates, cicero, marc aurel, montaigne, pascal, schopenhauer, goethe, rilke oder augustinus ein letztes mal der lächerlichkeit preisgeben? soll man dein ableben mit gedanken schmücken, die dein durchschnittliches, unbedeutendes leben wie eine letzte schmähung abschließen? oder sollen wir deinen weiteren fortgang in chemischen formeln, biologischen prozessen vor augen führen? (wichtig ist zunächst, daß der tod nicht zwangsläufig mit dem leben verbunden ist. die potentielle unsterblichkeit lebender substanz läßt sich auf verschiedenen wegen erweisen. von pantoffeltierchen konnte i. l. woodruff (1914) durch jeweiliges umsetzen in frische nährlösung mehr als 8000 generationen züchten, die lediglich durch zweiteilung entstanden. das ende eines individuums bedeutete also nicht den tod, sondern nur die fortsetzung des lebens in zwei individuen. aber auch für einzelne individuen konnte die potentielle unsterblichkeit gezeigt werden. so konnte bei amöben, polypen und strudelwürmern durch wiederholt veranlaßte rege-

neration ein langfristiges fortleben eines individuums erzielt werden. das künstliche verkleinern der tiere bedeutete also jeweils eine verjüngung. tröstet dich das, julius makaritzer? das männliche rädertierchen lebt 3 tage. das weibchen 13 tage. maikäfer werden 4–5 jahre alt (als erwachsene käfer aber nur 4 Wochen). manche eintagsfliegen leben als larven 1 oder 2 jahre, als fertiges insekt aber nur wenige stunden, z. b. die oligoneuria rhenana etwa 4 stunden. umgekehrt leben manche ameisenarten 10-15 jahre, davon aber nur wenige wochen als larven. von nagetieren lebt z. b. die hausmaus durchschnittlich 1½ jahre, ein murmeltier etwa 14, ein biber 20-25 jahre; von katzenartigen lebt z. b. eine hauskatze 9-10 jahre, ein löwe 20-25 jahre. kleine singvögel können z. b. in gefangenschaft 15 bis 25 jahre alt werden, haben aber in freier natur meist nur eine durchschnittliche lebenserwartung von 5-6 jahren. das höchste mit einiger sicherheit bei gefangenen wirbeltieren ermittelte alter betrug bei einem steinadler 104, bei einem gänsegeier 118 jahre. eine riesenschildkröte (testudo daudini) wurde *erwiesenermaßen* weit über *200*, wahrscheinlich *300* jahre alt, während herr julius makaritzer im alter von 75 jahren von uns ging.
ACH, ARMER JULIUS!

BELEHRUNG: der tod tritt jeweils dann ein, wenn ein lebenswichtiges organ nicht mehr ausreichend funktioniert.

der tod, der am besten durch das vorhandensein einer leiche, d. h. der definitiv der zersetzung anheimfallenden organischen masse des individuums, zu kennzeichnen ist, kommt auf verschiedene weise zustande, zunächst werden viele individuen durch einwirkungen der umwelt vernichtet. vor allem aber bringt der stoffwechsel nicht rückgängig zu machende veränderungen von solchen geweben mit sich, die nicht einfach abgestoßen und wieder ersetzt werden konnten. so beschränkt sich die an sich mögliche unsterblichkeit auf die folge der stets jugendlich bleibenden keimzellen, welche zur befruchtung gelangen.
adieu, julius, fahr wohl!

genug der trauer, genug des docierens, genug des zitierens, der mensch ist ja ein scheißdreck, die natur ein fäulnisprodukt, das angenehme ein eiterausschlag, die gesundheit ein furz, die liebe eine afterlektion, der glaube ein delirium, die arbeit eine folter, die schönheit ein gasbrand, die wissenschaft ein coitus interruptus, die gerechtigkeit eine hinrichtung, die treue impotenz, der freie wille eine hodenentzündung, die politik hämorrhoidalblut, der staat ein bordell, das mitleid heuchelei, die philosophie ein kadaver, die erziehung ist gehirnwäsche, die klugheit ist wundsekret, die weisheit fliegendreck, die ehre hundekot, der mut ein warzengeschwür, die freundschaft ist schorf, die musik eine menstrualblutung, die malerei ein abszeß, die schriftstellerei sputum, die kunst altweiberpisse, die hoffnung onanie, die stille ein abfallhaufen, der idealismus eine pestbeule, der fleiß latrinengestank, das leben ein kuhflattich, die soziale gesinnung eine kloake, die vorgesetzten sind arschlöcher, das theater ist bauchluft, der genuß schlangenfraß, die würdenträger sind schleimbeutel, die diskussionen analkonzerte, die demokratie fußschweiß, die freiheit wanzenbrut, die persönlichkeiten sind speichellecker, das benehmen ist eine akne, das angesehene von lepra befallen.

es war dienstag. um in meinem alphanumerischen werk voranzukommen, zog ich mein diensttaggehirn an und trat auf die straße. ich befand mich inmitten der euklidischen welt und obwohl es nicht möglich war, war ich ein nichteuklidischer mensch. jemand fuhr an mir vorüber, sein rostiges fahrrad zwitscherte wie ein vogel. seine augen standen apoplektisch aus den höhlen und schon war er verschwunden, ohne daß er mir noch jemals begegnen würde.
i am the analytical engine.

ich hatte vergessen, mein bett, den feuchten bakterienfriedhof in meinem zimmer, frisch zu überziehen und so kehrte ich zurück. meine vermessenheit, die ohne grund und ursache und ohne jede wahrscheinlichkeit aus eigner machtvollkommenheit mir vorzuschreiben gewagt hatte, auf die straße zu treten und einem menschen auf nimmerwiedersehen zu begegnen, beunruhigte mich zutiefst.

eingewecktes, mampf, mampf. das heißt, ich beklage mich natürlich über das fortlaufende entstehen von hypothesen in meinem kopf, keine einzelheiten entstehen in meinem von knochennähten – leider unsichtbar – verzierten schädel, eine summe von theoretischen gedanken. seltsame konventionen, welchen ich unterliege. ein mann, bzw. herr, bzw. mitmensch, dessen gesicht mich erschreckte. schweine, säuglinge, kamele und schmetterlinge wälzen sich seit den frühen morgenstunden durch die gosse, eine flut von unterleibern nein, nein, parapluis bzw. portmonnais, so daß die leere vor erschöpfung zusammenbricht. archaistische wahnsinne summieren sich und beherrschen die dilettantischen spaziergänger, langvergessene mystiker erzeugen absurde effekte usw. sterile gehirne, sterile augen, erschöpfung in broccaschen sprachzentren. plitsch, platsch, so denken die glitschigen gehirnzellen und krick, krack. nein, ich bin noch nicht so weit, daß ich auf den kern zu sprechen komme und auf den grund, weswegen ich meine reziproke transparenz zeige. folgendes: alles nach außen geschleudert! zentrifugal! negativ! die antinomie des augenblicks! kunst des unmittelbaren! im gegenteil dazu, ein kleines colloqium und ich dekoriere mich mit optimismus, haha. guten morgen. ein fixes ereignis löst das nächste ab. beim nächsten mal mühe ich mich gar nicht lange ab, das absurde zur tatsache zu machen, keine rede! das labile gleichgewicht zwischen nichts und null, versuchen sie es! unvergleichlich! das nächste mal, wie gesagt: ich zeige einfach mein labiles gleichgewicht vor. ganz einfach. kostproben der edlen dressur meines gehirns. mit einer einschränkung: nicht vor schwer frauenleidenden geschöpfen! die dinge zeigen unverändert ihre deskriptivität. kein entkommen vor der aufdringlichen deskriptivität. findet keine andere kategorie. zum beispiel: ich selbst das eklatanteste beispiel. die willkür des blickfeldes herrscht. anfangs visuelle präludien, bis der tag sich mehr und mehr auftut. blumen mit vielfarbigem protoplasma, usf. eine hektische unvollkommenheit. anekdoten springen aus meinem kopf, lachen von den blättern, den hausmauern, den kleidungsstücken usf. herunter. thesen und antithesen wechseln ab. ein imposanter spaziergang! die zierliche dynamik des durch meine bewegungen entstehenden windes. die dinge werden sich gegenseitig mehr und mehr imitativ, das läßt sich ja alles

nicht so schnell in einem köpfchen realisieren, was man so ununterbrochen zu sehen bekommt. ein völlig gelähmter zuschauer sagt das, eine armselige mechanische puppe. zu viele heterogene momente! beachten sie hingegen die mathematische praezision der sonnenauf- bzw. untergänge, ferner des mondes, der wasserfälle etc. anästhesie durch worte, kein blatt löst mehr einen schmerz aus, kein kleidungsstück, keine hausmauer, nur noch künstliche helle zustände durch worte. selbstproduzierte imaginationen. vollkommen ans tageslicht gebracht: die willkür der kausalität.
an der ecke verkauft die frau wawra rationalismus in tüten, ein viertelkilo um einen schilling. ornamentale assoziationen, während ich gehe. gezüchtete wirklichkeiten links und rechts meines verfließenden körpers. ich persifliere meine eigenen willensregungen, bevorzuge den artistischen blick, objektbesessen. substantielle worte, wie im winde flimmernde blätter, mein bequemer kopfmechanismus monotonisiert mich, eine endlose addition ...: gelber straßenbahnkasten plinn-plinn und fährt mitten durch meinen wehrlosen schädel und spaltet ihn in zwei teile ... überzüchtete physik etc. nimmt nahezu den vollständigen tagesablauf in besitz. klapper klapper sagen die knöchlein dazu und die äuglein suggerieren weiter wirklichkeit.

wirklichkeiten zuzeln, auszuzeln. schmatz. nehmens a strohröhrl! schauns ihnan den fleischbozzn o, in blaun montag vor drei wochn eingwicklt. den hob i gor no net glesn!!! usf. frozzlerei. hierheit, dortheit und jetztheit! pfui! zua sau mochn!!

1) der paranoide friseur
2) seine haare fliegen im wind wie vögel
haben sie das gesehen? aufgemerkt: das kostbare zuckerwerk edler architektur. die eindrücke, bzw. vorgänge wechseln mit kaleidoskopischer willkür. nehmen sie ihre alveolaren sprechbläschen aus der goschn, und zwar sofort! wälder von sprechblasen verdecken wirklichkeiten. alles bekleckert vom schleim geplatzter sprechblasen.
einer nach dem anderen verkriecht sich unter seiner schädeldecke-flutsch!

hier sehen sie die läppischsten rechtfertigungen der natur. jedwede cerebrale dürftigkeit hat genug davon!! falsifikate, qacksalbereien! de natua ist a kaas!!

heftig hin- und hergleitend stülpen sich meine augen über dem jochbein aus meinem gesicht hervor, bleiben verschiedenenorts picken:
da hea fucks. grüne hose. er trägt bevorzugt blaue augen. sein massiver körper läßt meinen auf die armseligkeit der stadt gerichteten blick entgleisen. päng!
noch wos riachtsn do? noch scheiße? bin i in scheiße dredn!?? naa! auf die schuahsoiin is nix! oda? nix! oda riachts von dera bude do so? habediehre! hinta dera tia mocht se a frau de strimpf am strumpfbandgiatl fest. i ge glei wieda zruck, usf., usf. als jedoch, wie schon erwähnt, die sonne unwiderstehlich emporglomm, vielmehr deren abgesonderte energie auf jenen punkt der erde prallte, den ich zufallshalber und – größtenteils nur gewohnheitsmäßig, will heißen nicht ganz beabsichtigt, bewohnte, sprang, zu ebenderselben zeit ein mir nicht ganz unbekannter mensch von seinem marmorkalten cafehaustischchen, die schwerkraft secundenbruchteile überwindend, jedoch ihr sofort wieder unterliegend, in die höhe, mich begrüßend. als er jedoch freudig erregt ein zweites mal in die höhe sprang, setzte die anziehungskraft der erde für einige minuten aus und er entschwebte heftig gestikulierend ins all. das war was!! aus dem boden brachen ungestüm papierblumen hervor, um mein auge zu beleidigen, die natur hatte sich plötzlich eines besseren besonnen (??)
währenddessen die sonne somnambules licht spendete... bzw. usf. auch krachten schneckenhäuser unter meinen schuhen oder es waren steine, nein, steine, bzw. tausendstel secuendchen zerbrechliche realitäten, wie aufgeblasene hühnereier – – – zertrümmern! zertrümmern; mit dem preßluftbohrer auf aufgeblasene hühnereier!
während mein ich einem in der luft auf und ab zuckenden insekt in einem leeren raum gleicht, dessen bewegung das auge vergeblich zu erfassen sucht, währenddessen durch mein großhirn spazierstöcke schuhe droschken menschen häuser bäume usw. wandern, nein, *fließen*, während sie aus dem nichts kommend plötzlich in meine fleischlichkeit ein-

treten – de drecksdinge de dreckign – bleiben die fettäuglein und fledermausöhrchen unbemerkt. a radlfora – auffe mit de augn... aufschbiesn ... pickt scho dro ... einne ins hian mit eahm ... vadaun und zack weg issa ... weg is dea radlfora ... na gonz no net, monxmoe stoßt ma sai buid auffe, vaschdehsd? do ascheint ea mia hoib vadaut wieda im hian, wia gsogt, a bissl von da vadauung zasetzt, a lappadl von den ehemoligen radlfora, haha. meine augn foan wiar a poa schbies ummannaund-zack-und oiwai bleibd wos piekn, vaschdehsd. oba mai hian dafriessds leicht... leicht! i kaun gor ned gnug owechlingan!! der herr rubiner tritt unauffällig um die eckn. mich erblickend flüstert er: mein raum ist wie ein schräger blauer draht, nach dem ich greife, verblüfft halte ich an. erhoffte ich ernstlich heute dermaßen formulierungen hören zu dürfen? wie? und schon rast ein kinderwagen um die ecke, dem herrn rubiner nach. das schwarzgekleidete fräulein scheut sich nicht, am hellichten tag nach ihm zu rufen!
de büda san wi gift!!! lauta schelee!
der sonnenstengel wuchert wüst aus dem erdboden, a fette buttabluman!! das heißt, lauter nachäffereien von mir selbst. es ist weder so noch so, hypothetische metaphern, mein lieber, luftspiegelungen! unzerbrechlich, leicht verdaulich.
vorsicht, vorsicht! keinen schritt weiter oder du zerstörst die komposition der straße. hier ist kein platz für dich! es gibt nur wenige menschen, die an der kunstvollen veränderung des straßenbildes bewußt mitwirken. ein schritt schon kann die ästhetische zufälligkeit zunichte machen, die erst langsam durch hunderte einzelheiten sich hatte zusammenfügen müssen... die luft zittert, schillert von infektiösen bildlchen, klirrklirr fällt ein schlüsselchen zu boden!
unter den hüten, unter den haarschöpfen, unter den schädelhäuten: dieses geäder von venensträngen, arteriensträngen, nervensträngen, von perlmuttfarbenen hirnnähten. meine unfehlbaren, kleinen grauen gehirnzellen lösen jede noch so vertrackte wahrnehmung. zack!: explodieren, schleudern nach innen: weiße teller, melonenschalen, kerzenstummel, die reste einer mahlzeit: apfelbutzen, zwetschgenkerne, brotrinden, salatblätter, erdäpfelschalen, knochenstückchen, reiskörner, weintraubenperlen, zigarettenstummel, flaschenverschlüsse, käserinden, paprikastengel, tomatenhäute, vertrockneter bierschaum, joghurtrückstände, fischgräten,

schmutzige servietten, fliegen, verfaulte blumen, zahnstocher, fette fleischstückchen, pommes frites, kuchenreste, ein maggifläschchen, usf., usf., psilocybin, teonanacatl, bilder!
und hier auf der straße, jeder ein schwarzes kästchen, undefiniert, black boxes, random walks
einmal, hehe, habe ich einen hund durch mund-zu-mund-beatmung gerettet! ehrenwort!
gerne lasse ich die gelenke meiner finger knacken, ein zeichen von aristokratie, wie man längst weiß! und was noch? pornographie? und? ein laut? und? wo gehts weiter? links gürtel rechts abraham a santaclaragasserl. no 110 112 114
puromycin ins gehirn injiziert, alles auslöschen, alles auslöschen, begriffssysteme abstoßen, assoziationen vernichten, zwänge zerstören, neu wahrnehmen, exzessiv aufsaugen, traditionelle inhalte aufgelöst, aufgelöst, aufgelöst, neue relationen schaffen, ich selbst als zusammenfügender, ordnungszahlen vergebender! wie ich zusammenhänge hasse!!

ich meine ausschließlich die synthetische wirklichkeit in meinem kopf. man betrachte nur die in meinem badezimmer eingeschlossene katze, wie sie zwischen den wannenfüßen herumkriecht. der strick qer durch das badezimmer, die kluppen auf dem strick, die wäsche, die am strick hängt, die abgeblätterte ölfarbe an den wänden, das waschbecken, der wasserhahn... übrigens, übrigens selbst die sprünge im steinboden! dann den alten kleiderkasten, die wäschetruhe, der nasse waschlappen über den badewannenrand geworfen, das zusammengeschmolzene seifenstück, der sanitätskasten, der gasboiler, der kamm, die haarbürste, handtücher... ich kann alles sehr gut durch mein guckloch beobachten, das verhalten der katze im badezimmer, ich höre sogar geräusche... die katzenpfoten, ein handtuch fällt zu boden... ich sitze seit stunden vor meinem guckloch. ich gebe mir keine rechenschaft darüber. wozu? das hat mit der wirklichkeit nichts zu tun. die katze leckt sich die barthaare. mein blick fällt auf das verchromte gasöfchen, auf den fensterbalken, das leukoplaströllchen auf der wäschetruhe – ein herrlich euklidischer raum! spärliches licht fällt durch die milchglasscheiben auf den boden, man nehme nur die katze... die katze selbst... die umrisse, sich verschiebenden abgrenzungen. der schlüssel, der schief im kastenschloß steckt. auf dem kasten ein lederkoffer, das fläschchen kölnischwasser no 4711, usf.

guten morgen, siebenuhrzwo. gelber schleim in den augenwinkeln, gerötete hornhäute. der kopf juckt. auf dem polster ausgefallene haare. ein speichelfleck. dreckige fingernägel, die fingerkuppen fett vom kratzen. das geschieht alles ohne system. bedürfnisse, reflexe, reaktionen, pfui teufel! geschlossene balken, träge bewegung der vorhänge. einen schluck leitungswasser. fahre mit der straßenbahn (linie 2) am zentralpark vorbei. neunuhrzwölf. leere bänke, graue luft, redundante wahrnehmung. später in einer konditorei 2 gläser vanillecreme. blätter auf der straße. unvorhergesehene inspiration, ich erinnere mich nicht mehr. haha. alter mann – hut, schwarzer mantel, galoschen – steht vor einem kastanienbaum, stochert mit seinem spazierstock in der erde. das heißt, um es genauer auszuführen, er handhabt seinen spazierstock als eine art urinierlineal, um seine hose nicht zu beträNzen, das obst in den kisten auf dem marktplatz, wie spielerisch plaziert, citronen, äpfel, weintrauben, gemüse ... herrliche farbnuancen! hinter den markbuden triefend fette menschen, mopshafte gesichter, in aspik gepökelte monstren. und bimbambimbam: zehnuhreinunddreißig. im hospital männer, die in krankenbetten schwitzen. kraftlose rücken, abgemagerte beine, zuckende nervenfasern, gesprungene lippen. dunkle, geöffnete fenster wie kraterlöcher. knochige fahrzeuge rumpeln über katzenpflaster. konkave brustkörbe. in den laboratorien reckt das künstlich aufgezogene aas die hälse. sehnen und muskel. die zimmer faulen. aus gesprengten krusten spritzen mikroben, überall vergiftetes blut. teller klirren. wattebäusche, ganze leiber mit wattebäuschen ausgestopft. die haut auf den fleischmassen wirft blasen. kahle bäuche, glatzenmeere, ölige augen starren geisterhaft aus dem lakensodom. salmonellen, ein schwärender pfuhl in agonie. vollgefressene weiber mit geschwollenen bäuchen. la-lala-la. ein kind singt auf einer bank. man rasiert schamhaare, teilt krücken aus. die sonne tanzt. blutgerinnsel verstopfen geäder, tuberkulöse husten. ein portier wie eine blattlaus in einem brillenfutteral. worte zerschellen im krachenden flug an den dicken gemäuern. menschenplunder.

röchelnde poren. pinkertons in weißen kitteln. achtung gleichgewichtsstörungen! das entsetzen der gehirnklumpen unter der lupe betrachtet. boiinnnng schwingen die nervensaiten – verwickelte därme wie zwirnknäuel. türschmettern. der portier, dieser knallkopf, bleckt die zähne, gähnt. behende läuse kriechen aus den matratzen, fressen das himmelsgelb, das durch die fenster fällt. bilderspalier in meinem kopf. dreckige kugelbäuche! raus aus den wackligen bettgestellen, entkräftete gelenke! die pyjamahemden hängen herab. stinkende schlaffe gestalten. zerfaserte mullbinden. ein ganzer hof kribbelt von krüppeln. amputierte flossen in den mülleimern. zerbrochen, zerqetscht, zermalmt. luftarme kammern. eine riesenlunge saugt nach luft kchhaakchhaa, hündisches wimmern. welt spaziert durch das loch der pupillen. herrliche blutstürze, ganze teppiche von erythrozyten! man fühlt den pulsschlag noch. unverzeihlich schlappe ärzte! die kokainzerfressenen süchtigen glotzen wie besoffenes vieh. trottoir. tabtab. eine buchhandlung. was ist an büchern schon dran? – elfuhreinunddreißig: eine nähmaschine mit trittbrett, kaffeebraunes altmobiliar auf dem gehsteig. ein gelber möbelwagen. zwei männer mit einem eisernen öfchen. ein von zwei pferden gezogener bierwagen. aus einem arrestantenwagen droht ein betrunkener mit der faust. ein plötzliches heftiges bremsgeräusch: adrenalin schießt ins blut, das herz schlägt schneller, die blutgefäße ziehen sich zusammen, die pupillen erweitern sich, der kopf ruckt herum, die haut wird bleich, speiseröhre, magen und eingeweide verkrampfen sich –

A) homunculus
flackerndes hirn, H_2O, schwarzes gelee! dreckiges nichts, zehen, kahler schädel, steifes handgelenk, harnblase, hausschuhe, zahnfleischrote zeppeline, semaphore, stanniol, zeitungsannonce, kampfer, armenhauspensionäre, goldzähne, befallen vom bazillus der prostitution. auch wurde heute so gegen dreizehn uhr der bademeister vom augartenbad von straßenbahnzügen totgerädert. ziemlich zerstückelt, harhar!

B) WC (scheißhaus): die klomuschel, die eiserne zugkette mit weißem porzellangriff in form eines riesigen ... äh ... erstarrten porzellantropfens. die klomatte hat eine zerfetzte stelle. ne küchenschabe kriecht den weißen wasserboiler hinauf. das klobrettl ist sossusagen hinauf und hinunterklappbar. wer hat nicht schon mit nackten arschbacken auf einer eisigkalten klomuschel gesessen – ein herrlich kühles erlebnis, wenn man sitzend die kette zieht und die nackten arschbacken werden von feinsten wassertröpfchen besprüht!

C) menschliche plasmamonstren, gedankenchamäleone mit krawatten, die über schultern flattern: vollhydraulisch! vereiste haut, nasenmedizin, die knatternde zeitmaschine, zerbeulte konservendosen, wortgekritzel, »es gibt eine menge scheißkerle da draußen!«, straßenbahnleitungen, abblätternde hausmauern, schwarzzerklüftet von feuchtem ruß, gasrohre, tintenschwarze fensteröffnungen, medikamente essen, zigaretten rauchen, identitätslose rote ziegelwände, alte weißhaarige kriecher, toilettenschläfer, tick-tack, juckreiz, ein skelett mit augäpfeln, venenschlangen von porenlöchrigen hautsäcken verhüllt, ein mensch wie ein tintenfisch, wurmwelt, madeneier, raupengewimmel, rinnsale, dachböden, ratten, strychninköder, ein herrlich blauer zungenpömmel, salpetersäure, heroin, zentimeterlange würmer!

D)... eingeschlossen ins broccasche sprachzentrum, schwirrende worte, die menschen: herumirrende leukozyten..., ich verkrieche mich unter meiner schädeldecke. so. hoppla. spasmodische denkanfälle. ich lebe in meine gedanken eingesponnen, wie ein kokon. zack. badesalz, erdbeeren im winter, parfum, delikatessen, kaviar, leere kaffeetassen, ein spiegelei. URIN. rasiermesser – pinsel und – seife, auf dem glasbrett unter dem spiegel. rülps. aaaaaH- maijng gaomon schchot auns awie aijno kchabbe. so. rost im heißwasserhahn.

1) die zeit ist zermanscht und ihre fetzen sind beliebig verwendbar.

2) gedanken, fragmentarische szenen, fakten aus scheinbaren zusammenhängen gerissen. es gibt keine zusammenhänge mehr.

3) nur noch hirnreisen. das gehirn. das auge, die wahrnehmung. das gehirn wird nach außen gestülpt und zur geflis-

sentlichen ansicht gebracht. das ich projiziert sich nach außen. andere menschen sind schatten, skurrile erscheinungen, flüchtiger hirnreiz.

4) das innere zieht das interesse auf sich. ein aufgeschlagenes ei, obstkerne, chemische und physikalische gesetze, speisereste, eine sezierte katze. lehrbücher werden zu grundlagen. das alltägliche (sprechen, hören, farbe, festigkeit, gasförmigkeit, licht, etc.) mit dem auge der wissenschaft betrachtet, das auge blickt durch ein mikroskop.

5) die physikalischen gesetze können jederzeit aufgehoben werden. die unterbewußte wirklichkeit.

6) häßliches wird schön (klomuschel, schmutz, exkremente, sekrete, blut, speichel, sperma).

der absichtliche kitsch. die konfrontierende roheit. absichtliche banalität, parodien, werbesprüche.

7) die schwierigkeit sich festzulegen. die reduktion auf die leere seite. das wortmuster auf dem papier. gedichte als muster.

8) statt psychologie und handlung: sprache und beobachtung. die bedeutung des einzelnen wortes. floskeln werden bloßgelegt.

9) das belanglose gewinnt an bedeutung. leben wird kunst. kunst fließt in leben ein. zitate, fußnoten, wissenschaftlicher stil, auch wenn z. t. ironisch. kurze gebrauchsanweisungen, etc.

10) stummfilmtechnik. geraffte, mit gesteigerter geschwindigkeit zusammengefaßte geschehnisabläufe. detailgenauigkeit (einfluß des kriminalromanes). du leser wirst zum objekt der auf dich abzielenden späße. du wirst beschimpft. an der nase herumgeführt. der genuß an der nase herumgeführt zu werden (kriminalroman).

11) dialekt, umgangssprache, mundart, slang.

12) die veränderte welt des wahnsinns. schizophrenie.

a) ein undefinierbarer hang zum bösen ist über mich gekommen und erfüllt mich mit hämischer freude. ich stelle mir vor, ich sei ein ungeziefer in menschengröße, ein riesiges insektenexemplar, eine vom wahnsinn befallene wanze. mit diesem bewußtsein behaftet spaziere ich zum zentralfriedhof, in der absicht, ein paar frische blumen von den gräbern zu stehlen und sie an der nächsten straßenecke zu verkaufen. ich bin ganz zufällig auf diesen gedanken gekommen, ohne feste absicht, auch habe ich noch keinen beschluß gefaßt, den plan wirklich in die tat umzusetzen. ich streife die grabreihen entlang in meinem überlangen schwarzen mantel, setze mich auf einen umgeworfenen stein und beobachte das schläfrige treiben. plötzlich erinnere ich mich daran, daß ich eine wanze bin. ich fühle einen seltsamen schwindel in meinem kopf und bemerke, daß ich mich vor etwas unbestimmtem, das jetzt und jetzt eintreten kann, zu ängstigen beginne. die friedhofsmauern scheinen riesengroß in die luft zu ragen, als wollten sie mich auf eine heimtückische weise in gefangenschaft nehmen! ich erhebe mich, schlendere unauffällig zwischen den besuchern umher und verlasse in einem unbeobachteten augenblick den kirchhof. wie feige und erbärmlich ich mich aufgeführt habe! erbärmlich und feige! während ich hastig ausschreite, sehe ich in einiger entfernung eine schwangere, fette frau außer sich vor zorn über ein kind herfallen und es mit heftigen schlägen züchtigen. jaja, madam, schlagen sie nur zu, ich kann ihnen nur beipflichten! ich beeile mich, dem weiteren fortgang der szene aus größter nähe beizuwohnen und trete ganz nahe heran. während ich die schwangere frau beobachte, wie sie das absonderliche häßliche kleine geschöpf bis zur erschöpfung schlägt, werde ich ohne vorherige warnung vom gehsteig gerempelt – ich möge mich zum teufel scheren!

b) mittag. ich schlendere im park herum, finde eine alte zeitung und bücke mich danach. ich lese mit einem seltsamen eifer seite für seite, als handle es sich um eine verschlüsselte botschaft. aber ich kann keinen klaren gedanken selektieren. alles geht mir im kopf herum herum, herum, die buchstaben als ein abstraktes muster von körperlosen beinchen, die über die papierseiten laufen, in die luft und sich in nichts auflösen, das papier selbst, ein riesiger getrockneter schmetterling, das ich, mein bewußtsein, die blätter, die von den bäumen fallen, menschliche lebewesen in schwarzer bekleidung ... sind sie am ende die buchstaben, die sich in der luft zersetzt haben? sind sie fleischgewordene rufzeichen, zahlen, das dahinwandernde abc? – ich springe von der bank, auf die ich mich niedergelassen habe, irre durch den park und beschließe, die zeitung zu verkaufen.

c) währenddessen habe ich jedoch den park verlassen, bin am cafe columbia vorbeigekommen und finde mich vor der apotheke am eisernen tor wieder. ein kurzsichtiger alter steht davor, der seinen hut abgenommen hat und in den händen hält, um mit den augen näher an das auslagenfenster heranrücken zu können, ohne von der hutkrempe gestört zu werden. ich trete in die apotheke ein und verlange ein thermometer. dieser entschluß ist auf eine geheimnisvolle und zusammenhanglose weise von der gestalt des lesenden beeinflußt worden, als stünde er in dauernder verbindung mit dem begriff fiebermesser und brächte gleichsam durch influenz jeden vorbeigehenden auf diesen gedanken.

d) ein schmaler, heller lichtstreifen fällt zwischen den vorhängen auf die wand. wenn die vorhänge vom wind bewegt werden, vergrößert sich der lichtstreifen, wird wieder kleiner, verschwindet: dieser lichtstrahl ist das einzige, was mein zimmer mit bewegung und leben erfüllt. ein haar fällt von meinem kopf auf den boden, schwebt langsam an meinen augen vorbei, landet auf dem teppich. benommen erhebe ich mich aus dem lehnstuhl und blicke aus dem fenster. die entfernung bis auf die straße, die sich zwei stockwerke unter mir befindet, kommt mir seltsam nieder vor, so daß ich in versuchung gerate, hinauszusteigen. ich weiß, daß der abstand zu hoch ist, fühle mich aber (infolge einer optischen täuschung?) in der lage, den schritt in die tiefe unbeschadet durchführen zu können. ist das etwa ein symptom meiner krankheit? ich öffne eine schublade in meinem schreibtisch und nehme eine kleine dosis aspirin zu mir, indem ich eine teetasse so lange mit wasser fülle und leertrinke, bis kein körnchen mehr zu sehen ist (um sicherzugehen, daß ich das ganze qantum zu mir genommen habe). sogleich fühle ich mich auf eine groteske art und weise beruhigt. ich setze mich zurück in den lehnstuhl und bin angenehm berührt von der erinnerung, ein insekt zu sein. ich bin ein ungeziefer, vollgesaugt mit menschenblut und hocke schläfrig auf dem überzug eines phantastisch großen lehnstuhles ... oder eine spinne, die satt in ihrem netz dahindöst, satt und voll von frevelhaften genüssen.

ich kitzle ja nur meine eigenen kunststücke aus meinem introvertierten kopf!

ich, der voyeur, gedankenlegende tsetsefliege, schreite gelb im tisch auf dem uhrzeiger. der blaue fuß rollt tickend auf den haaren. sogleich kracht der schall aus den optischen gläsern und zerlegt singend das karussell. ein pferd explodiert. plötzlich ist ein mensch eine laufende krähe. ich selbst jedoch bleibe unberührt: mein unterleib ist ein grüner schirm, bzw. mein gehirn eine schale milch. in der pupille trage ich ein ziffernrad. alle menschen stürzen mit wehenden bändern in die umstehenden häuser. blaues wasser sprudelt aus den uhrdeckeln. von den absterbenden bäumen fallen blaue fingernägel. ich spuckte mir eine zigarette auf die lippen. ich starrte auf die unfaßbaren androiden. welch herrliche improvisation meiner wahrnehmungsmechanismen! gelbes papier, beschmutzt von all den klebrigen blicken, die es gelesen haben. darmhändler mit schwabbernden hutkrempen, die hüte präzise zwischen die schultern placiert. ein herrliches arrangement! aus den wasserhähnen spritzt durchsichtige luft. meine grauen mikrozellchen demolieren die welt nach belieben, hehe! so. a rationölla mensch. ich will das systemlose so notieren, wie es ist. akademische straßenköter qellen scharenweise aus den lehrsälen (sie sind prädestiniert, so viele systeme in ihren windungen anzusammeln, daß sie die wahrnehmung ohne verlust zur gänze einstellen können).

mittlerweile schwimmt ein fetter herr mit dem kopf nach unten durch die dämmerung. sein gleichgewichtssinn scheint völlig zerstört. grüne gastinktur blubbert aus bunten blättchen – blaff! schon überholt mich ein spazierstock, hustet, verliert eine schere, zwickzwack! die gesichter sind ja alle wasserleitungshähne! so etwas! peng! zufälle! puzzlespiele! ununterbrochen werden analysen verspritzt. menschenvieh denkt.

farblose worte gleiten aus dem geöffneten fenster. münder sabbern über den asfalt und lecken sputum. ein hornissenschwarm von worten fällt über meine hirnhäute und zersticht sie zu einem aufschwellenden schwamm. ich bin ganz belämmert von worten. mein gesicht spiegelt sich im schaufensterglas eines friseurladens. geräusche picken an meinen ohren. die augen verkleben mit bildern: zack, zack – eines nach dem anderen kommt in den kasten, dreckszellen, angefüllt mit normen! dem herrn nass sein schädel platzt mitten in der straßenbahn und lauter schwarze wortkleckse spritzen auf die fensterscheiben. ich schlecke ja täglich ein pfund wortschleim aus fremden körpern. meine hirnhäute sind schon vom wortaussatz befallen!

das system, den faden zu verlieren. auf das gehirn einzuschlagen mit wahrnehmung. sich die augen wund starren. sich zucker aufs gehirn streuen. ich habe traumhafte übung darin!

(übrigens wage ich nur noch homöopathisch kleine wahrnehmungsdosen meinem organismus einzuverleiben – gewissermaßen eine vorgezählte anzahl schillernder augen- und ohrentröpfchen – die ursache dieser aufzeichnungen. in meinem kopf selbst bereite ich eine langsame zersetzung der außenwelt vor, eine auflösung des fortgesetzt aufgezwungenen wahrnehmungsautomatismus.)

mein gehirnklumpen ist von einer rheumatischen empfindlichkeit. jedes wörtchen wird zu einem opiat, das ein flimmern von bildern, eine sturzflut von neuen worten auslöst. das tapetenmuster aus violetten gasflämmchen wirkt wie ein narkotikum. eine immer stärkere idiosynkrasie gegen alles hat sich in mir gebildet, eine abscheu vor den teigigen, skrofulösen menschenphysiognomien, eine hypochondrie des nervensystems gegenüber dem täglichen anblick menschlicher dummheit. ich ziehe das wirre durcheinander aus erfundenem und konvulsivisch beobachtetem den systematischen klosettspülungen menschlicher kommunikation vor, ich scheiße auf eure sprache, die gedanken determiniert!!!!

galvanisierte menschen, elektrische funken versprühend, glitten rollenden auges durch die schlammigen gassen, der rostfarbene liqor von syphilis versumpft, die gelenke von krämpfen geschüttelt. ich sauge die qecksilbrige essenz jedes augenblicks mit allen poren in mich ein, um sie mit meinem schlaffen gehirnlappen zu destillieren und auf das papier zu speien! in gedanken sah ich die körper wie darstellungen in einem anatomischen atlas. in den parks leuchteten lymphatische blumen, geheimnisvolle innere organe durchsichtiger tiere. worte magnetisierten die luft. stühle schwebten durch die luft, ein geigenkasten verdampfte. plötzlich regnete es eine bräunliche jodoformtinktur. in den glaskästen verfärbten sich die ausgestellten künstlichen gebisse. ich leckte über mein rotes zahnfleisch. alle materiellen einzelheiten dieses spazierganges erscheinen in meinem kopfe wieder: der spitze regen, hygroskopische schädel, die eiskalte sterilität, mit der die zeit sich auflöste, die bunten phiolen in einem parfumladen, die kalte marmortheke in einem cafe, citronentee, süßliche schnäpse, handballen, billardkugeln, die verkommene toilette (achselhaar, verschimmeltes sperma, das zischen der zigarette im wasserrückstand, das rascheln der zeitung aus der nebenkabine, toilettfliesen), auf der straße ein gewimmel von ektoplasmagewächsen, pappmachéfiguren in durchsichtigen fruchtblasen, tbc-bazillen, plattfüßen, gespenstischen pförtnern, bordellmüttern, polypen, kellnern, asthmatischen schauspielern, verrückten heilpraktikern, polizeispitzeln ... aus der zweideutigkeit der dimensionen floß ein unaufhörlicher strom von ekstasen. von meinem fenster – geometrisch verzerrt – sah ich die dunklen flächen der menschen, mit verkümmerten anhängselartigen gliedmaßen, fratzenhaften gesichtern in hölzerner steifigkeit sich die straße hinunterschleppen. ein herr wies sein portrait vor und verschwand mit starrenden augen um die ecke. auch wälzen sich mehrere kinder, einige von monströsen mißbildungen überwuchert, spielend unter meinem fenster.

sicherung geflickt, formulare ausgefüllt, die zeitung gelesen, unergiebiges gedacht, den mantel angezogen, mich verstellt, pflaster getreten, einer schachpartie gekiebitzt, geatmet, regentropfen gezählt, der uhr gelauscht, auf dem schwarzen canapé gelegen, das haar gekämmt, die vögel in den bäumen beobachtet, einen gefundenen parapluis herumgeschleppt, einen glühwurm vorgetäuscht, einen lahmen angestarrt, behaarten scheusalen ausgewichen, gehustet, seltsame erfindungen gelesen, stempelmarken geleckt, den hut verlegt, keine große geige gespielt, mit geschlossenen augen die straße überqert, musikanten gelauscht, in der leichenstille meines bureaus verharrt, radfahrer gesehen, die köstlichkeit eines lesefehlers genossen, meine hose gebügelt, ein pissoir aufgesucht, ein buch entlehnt, bleistift gespitzt, amseln gefüttert.

... tagelang spazierte ich durch wortausdünstungen, bzw. transpirierte, bzw. masturbierte sätze. aus meinen entzündeten hirnhäuten platzten wortekzeme ... ich wollte, ich könnte die sätze aufs papier stottern, wie sie in ihrer tollheit in meinem schädel auftauchten! honigklebrige worte, tollkirschen, eiszäpfchen, mückenschwärmchen! ich versteckte mich unter geöffneten fenstern und lauschte ... (ich, der wortfliegenfänger, die luftmembran, das schallhäutchen!) im park überschüttete ich mein haar mit gelben, abgefallenen blättern ... später, im cafe wotawa, auf dem verschrobenen tischchen: schachfiguren, zigarettenstummel, kaffeepfützchen, mikroskopisch verstreute zuckerrestchen. der schatten, den das glas wirft. ein röhrchen antibiotika, herr ober, um die mundhöhle von verfaulten sprachresten zu desinfizieren! ... schon klirrten die gläser und die stühle und tischchen dröhnten lustig ... diese bagage mit luftgefüllten köpfen verströmte schallwellen nach belieben ... hustete worte ... bellte sätze! das wasser plätscherte im glas ... hinter den zeitungen glotzten zartidiotische gesichter ... konfiszierte bilder schwirrten in den schädeln, ab und an übertölpelten blödsinnige sätze die zensur. einfaltspinsel mit papiertaschentüchern in der brieftasche! die newtonschen ringe unter dem glas ... teufel, die natur funktionierte! ich brauchte nur das glas vom tisch zu stoßen, meine finger an der zigarette zu verbrennen, vor dem spiegel auf und abzugehen, sofort explodierten naturgesetze! ich ließ eine münze auf dem marmor klimpern. die sessellehne krachte. ein herrliches analphabetisches geräusch! – nun geb ichs auf, weiter die goschn zu wetzen.

in den dendritenästen der ganglienzellen rauschen eisige winde. schweiß auf der stirn. die zunge, wie ein fauliges blättchen... 12 milliarden ganglienzellen!

pongratz, ein kollege, verfügt angeblich über eine wunderbar ausgebildete HESCHLsche qerwindung. sein bulbus olfactorius hat eine oberfläche von 73 mm²! bzw. das gewicht seiner gesamten hirnanlage beträgt geschätzte 1400 g!! ich sitze auf meinem bett und... äh... unentwegt produzieren meine ganglienzellen elektrische ströme, sie durchdringen die hirnhäute und den schädelknochen und knistern funkenversprühend auf meiner kopfhaut. mentale erregungen. sobald ich den kopf bewege, schwankt die visuelle welt in ihren fugen. sehpurpur träufelt über die stäbchen, füttert mich in der dämmerung mit scheinrealitäten. die bücher auf meinem tisch stinken förmlich nach dummem menschlichen rationalismus, beleidigen geradezu meine nase mit ihrer ordinären ausdünstung. spiegelfechtereien zwischen augäpfeln und gehirnwindungen.
in einem pappschächtelchen meine japanische lupe (schwarzer holzgriff, vergrößerung 1:4,5), eine schachtel marlboro mit einem 10 oerestückchen, 1 bleistiftspitzer und 1 radiergummi. mein blick fließt an den weißen wänden herunter wie speichel. ich befingere die lupe, das geldstückchen, den radiergummi. unter meinen händen, meinen augen gefriert alles, ein zerfall der wirklichkeit, zerfall der ordnung. gehirnlähmung.
ich werde in den tag hineingeschwemmt, ein stinkendes ausgußtierchen mit schielenden, platzenden facettenaugen, d.h. natürlich: ich sitze bereits wieder hier vor meinem kleinen tisch, aus meinem füllhalter tropft hypophysensekret und erstarrt zu außenwelt. pongratz mit seinen 320 muskeln betritt mein zimmer und schneuzt pffffrrrt! – ein viertelpfund flüssigen cerebellums in sein zerknittertes taschentuch, so geht das fort. sein thorax bebt. er liebt die irrtümer seiner physiologie.
der REGEN überschwemmt mittlerweile glucksglucks die gehsteige und gurgelt asthmatisch aus den dachrinnen. die feder des füllhalters kreischt. winzige perspektiven kondensieren sich in worte. das gehirn jagt hinter jedem satz her wie ein polyp... der fortlaufende widerspruch, der von jedem

satz ausgeht ... neun neun sü täuschön söch, üch hab Ä n Ü oinön vorsatz gefaßt, dön versÜch ÜngÖn däs wahnsenns ZÜ wüdärstehänn!!!! im gägentail: pemühe ich miCH nicht TÄGLICH, das erkennbare vollständig und, will sagen, absolut aufzugeben? Übe ich mich nicht TÄGLICH auf das FLOISSIGSTE im müßiggang? ja, betreUbe ich den müßiggang nicht möt jönöm eufer und jönör leUtenschahft, daß man reunön gewüssens von euner REVOLTE spröchän kann?
unter dem kasten kriecht ein käfer hervor, winziges tier, kriecht hervor – ich kann den blick nicht abwenden, mistkäfer! newton! kriecht zur wand, zur zerrissenen gelben tapete, verschwindet im riß, kriecht wieder hervor, liegt auf dem teppich. ich fahre mit dem finger in den tapetenschlitz, ohne etwas zu fühlen. die tapete ist gelb gelb GELP! der käfer liegt da, wie tot, ... mikroskopisches kanarienvögelchen ...

blätter. flirren und fallen, fahle blätter. verlieren sich lallend, taumelnd in lüften. lfft! gelbes laub weht durchleuchtet von licht – hell, den augenball kitzelnd. im hirn lallende silben. faules laub läppisch zertretend lausche ich still dem lautlosen flüstern verblichenen laubes. alles ist zufall.

die milliarden worte, die mein trommelfell in schwingung versetzt haben, haben sich längst aufgelöst. mein amorphes scheiß-ich!! hier spaziere ich, mit einer von meiner umgebung verschiedenen temperatur. meine entropie ist klein. ich bin einer schwachen radioaktivität der erdkruste, sowie den höhenstrahlen ausgesetzt.

straße,
menschen,
hund,
marktstände,
fenster,
baum,
menschen,
licht

welt wegdenken,
welt wegdenken,
welt wegdenken,
in weggedachter
welt leben,
unsinn, unsinn,
hehe,
strandgut aus
weggedachter welt,
rechts abbiegen,
ausweichen, haus
betreten?
weiter, weiter

gehen, gehen, sehen,
schlucken, hören,
berühren, gehen,
hände schlenkern,
gehen, anhalten,
bücken,
starren, aufrichten,
weitergehen, atmen,
hände einstecken,
gehen, den kopf
drehen, den kopf
zurückdrehen, die hand
auf den magen legen,
räuspern, lachen, die
augen bewegen,
riechen, nicken, gehen,
aufblicken, stehen-
bleiben, weitergehen,
weitergehen, anhalten

die koordination der wahrnehmungsmechanismen, die assoziative und logische verarbei-
tung wahrnehmungsunabhängiger gedanken,
aufrechterhaltung der körperfunktionen (z. b.
gleichgewicht, hormonelle steuerungen, rück-
koppelungen aller art),
verschiedene innervationen: innervation des n.
zygomaticus, reizung des hauptlebemuskels
meiner oberlippe und damit verbundenes grin-
sen (siehe: hehe), innervation der gehmuskula-
tur, innervation der arm-fingermuskulatur
etc.,
der ablauf von körperfunktionen: die bewegung des blutes in den gefäßen, das schlagen
des herzmuskels, die bewegung der lungenflügel, die peristaltische bewegung des darmes
etc.,
mikroskopische prozesse: das verschlungen-
werden von bakterien durch phagozyten, die
bewegung der geißelzellen in sperma, die was-
serausscheidung in den malphigischen gefäßen, die aktionen der wahrnehmungsorgane:

gehörknöchelchen, trommelfell ... netzhaut, pupille, stäbchen, der druck der luft auf die haut, etc., etc.

(STELLE DIR ANATOMISCHE PHYSIOLOGISCHE, CHEMISCHE PROZESSE BILDLICH VOR, ALS SEI DER KÖRPER DURCHSICHTIG, DENKE AN DIE BILDER IN EINEM ANATOMISCHEN ATLAS!)

inventarisierung dessen, was ich am leibe trug: socken, schuhe, schuhbänder, unterhose, hemd, pullover, hose, mantel, taschenuhr, geldbörse: 166S30g, ein glückspfennig, eine taschenuhr, 4 schlüssel auf einem schlüsselring, ein notizbuch mit spirale, ein kugelschreiber, eine brille.

BESCHREIBE SELBST ALLE DIESE GEGENSTÄNDE! STELLE DIR IHRE ENTSTEHUNGSGESCHICHTE, IHRE FUNKTION VOR.

weiters: die gründe, warum ich mich gerade jetzt und hier befand, gründe, warum die anderen menschen sich gerade jetzt und hier befanden, zahl der menschen in 1 km umkreis, genaue beschreibung der sichtbaren gebäude, temperatur, luftdruck, meteorologische bedingungen, einfluß der schwerkraft, des lichts, weitere punkte: wie die erde sich dreht, was auf der erde während der nächsten 10 schritte geschieht, was in den weltmeeren geschieht, die bewegung der erde um die sonne, der einfluß des mondes, aus welchen chemischen elementen die luft besteht, was licht ist, wie sich die galaxie dreht, wie das weltall auseinanderstiebt

DIE GLEICHZEITIGKEIT ALL DIESER PROZESSE, BEDINGUNGEN UND FAKTEN

DAS RATIONALE LEBEN ALS FORM DER MYSTIK, ALS ETWAS TRAUMHAFTES.

mein PENCIL, mit dem ich diese wörtchen auf das papier kritzle, fällt zu boden. es ist 12 uhr 31 und die schwerkraft ist nach wie vor wirksam. ich ziehe meine uhren, meine lieben gefiederten freunde, auf und fahre fort:

ich verlangsamte meine schritte, spazierte gemächlich hinter einer gruppe von altersheimbewohnern her. ich beobachtete das spiel des lichts, das zwischen den kastanienblättern auf die rücken der greise fiel. erfahrungsgemäß war es bereits 8 minuten von der sonne durch das weltall auf die erde gefallen, jetzt warf es mit hilfe des von ihm selbst erzeugten schattens ornamente auf die oberfläche. vereinzelt war ein brüchiges lachen zu vernehmen oder das anschwellen einer spitzen, sich überschlagenden stimme, dann wiederum war es still und man hörte nur noch das schlurfen der schritte und das ununterbrochene aufziehen von luft durch nasenlöcher, das wie eine epidemie unter den insassen ausgebrochen zu sein schien. unmittelbar vor dem altersheim blieb einer der greise stehen, beugte sich über den stock, spuckte aus, trippelte weiter. nun mußten auch die anderen greise spucken; einige hüstelten energisch, zwangen sich nahezu zu spucken und sandten dem sputum einen befriedigten untersuchungsblick nach. gleich darauf brach eine heftige kratzsucht aus; alles vollzog sich unter einem erschreckenden phlegma. das gespräch – zusammenhanglose sätze, gestotter von worten, die aus unendlicher ferne in das gehirn gekommen waren, viel zu langsam, um sich noch in den vorhergegangenen satz einzuordnen, viel zu eindringlich und automatisch, um unterdrückt werden zu können – wurde unterdessen weitergeführt, gleichgültig was geschehen mochte. ein kleiner ast bricht von einem kastanienbaum und kracht mit raschelndem laub auf die straße. sofort umringen ihn die greise, berühren ihn mit ihren stöcken, schnattern, zerren ihn zur seite und überlegen, was zu machen sei. ob man ihn nicht in das altersheim schaffen solle, gewissermaßen als corpus delicti, um sich bei der verwaltung über die nachlässigkeit der baumpflege zu beschweren? oder über den zaun in eine wiese werfen, damit niemand über ihn zu sturz komme? die ansichten wogen hin und her, schließlich zieht der wortführer eine taschenuhr heraus und bedeutet den insassen, weiterzugehen. soso. aha. und die schar watschelt den berg hinauf.
an der vorderseite des altersheims hielt ich vor einem offenen fenster an. ich stierte durch das fenster in das dunkle zimmer. ich erkannte eine schlafende frau, die in ihrem bett lag ... ihre kinnlade war heruntergefallen, ihre wangen waren bleich

und hohl... schlief sie? siechte sie dahin? eine fliege kam daher, spazierte in ihren offenen mund, verschwand in ihm. nach einer weile spazierte sie heraus, um sich auf einer blume in den zierbeeten vor der anstalt niederzulassen. unschlüssig stand ich da, in ein schwieriges problem versunken: es konnte ja sein, daß die fliege die luftröhre der kranken hinabgeklettert war, bis in die lungenflügel und jetzt saß sie auf einer blume und sonnte sich! mitten in meinen überlegungen nahm ich einen widerlichen alteleutegeruch wahr, der mich vor ekel sofort kurzatmig machte.

1) ein mann geht vorbei. schwarz. ein schwarzer hut, schwarzer mantel, schwarze schuhe. er starrt vor sich hin. er geht dahin mit der größten kaltblütigkeit. seine gesichtsmuskeln sind völlig entspannt. sein puls: klein, hart, hüpfend, unregelmäßig. etwas hündisches haftet ihm an. er ist ein polyvalentes individuum! in seinem hirn gärt ulzerierte fäulnis oder phlegma, in seinem körper harnschlacke oder gefäßstein, gelöstes fett, wie es von der kraft des salzes zu einem kieselstein koaguliert wird und tartarus. sulfur, mercurius und sal, diese drei machen den ganzen menschen und sind der mensch selbs und er ist sie; aus denen und in denen hat er al sein guts und böses betreffend den physicum corpus. sein organismus hat der sulphura vil: das blut ein anderer sulphur, das fleisch ein anderer, die hauptglider ein anderer sulphur, das mark ein anderer und also fort. die drei substanzen müssen in die art der 4 elementen gebracht werden, das ist, aus den 4 elementen wachsen alle ding; aus der erden das kraut und holz und dasselbig ding, aus dem wasser die metallen und stein und ir mineralia, aus dem luft der tau... aus dem feuer der donner, stral, schnee – und regen... darauf so folgt nun, das himel und erden, luft und wasser ein mensch ist in der scientia, und der mensch ist ein welt mit himel und erden (paracelsus).

2) (o münder, der mensch ist auf der suche nach einer neuen sprache, an der kein grammatiker irgendeiner nationalsprache etwas tadeln darf.)
mein zimmer ist angestopft mit vogelkäfigen, das ist realistisch. ein vogelkäfig befindet sich auf der schlechtlackierten kredenz, ein vogelkäfig auf dem fensterbrett, ein vogelkäfig

steht auf dem boden, ein vogelkäfig auf dem tisch, ein vogelkäfig auf dem sessel, ein vogelkäfig in der ecke. ein vogelkäfig hinter dem vorhang. ein vogelkäfig im kasten. ein vogelkäfig unter dem bett. ein vogelkäfig an der türschnalle. die vogelkäfige vermehren sich stündlich. jederzeit kann ich mein zimmer verlassen. ich genieße die in mir wachsende abscheu. ich verabscheue den stoffwechsel der amöben. ich verabscheue die klassifikation der himmelskörper. ich verabscheue den fünfmilliarden jahre zählenden kosmos. ich verabscheue den unwiederholbaren ablauf der zeit. ich denke mir verschiedene todesarten aus.

ein entscheidender tag aus meinem leben: mit einem schirm spazierte no 4 zu no 7. die krempe des hutes war schwarz. sein mantelkragen flatterte. er blickte durch das mikroskop. das skalpell blitzte. die pfütze auf der straße war gelb. außergewöhnlich! das vorderrad eines bycicles raste vorbei. der hausmeister hielt folgende rede: der mensch eigne sich sein allseitiges wesen auf eine allseitige art an, also ein totaler mensch. jedes seiner menschlichen verhältnisse zur welt, sehen, hören, riechen, schmecken, fühlen, denken, anschauen, empfinden, wollen, tätig sein, lieben, kurz alle organe seiner individualität, wie die organe, welche unmittelbar in ihrer form als gemeinschaftliche organe seien, seien in ihrem gegenständlichen verhalten oder in ihrem verhalten zum gegenstand die aneignung desselben. DIE ANEIGNUNG DER MENSCHLICHEN WIRKLICHKEIT, IHR VERHALTEN ZUM GEGENSTAND, SEI DIE BESTÄTIGUNG DER MENSCHLICHEN WIRKLICHKEIT; die gegenstände, welche der mensch sich durch seine sinne, durch seinen intellekt, durch seine phantasie aneigne, würden zu seiner EIGENEN VERGEGENSTÄNDLICHUNG! (anmerkung des autors: ich halte den wissenschaftlichen versuch, die eigenartigkeit der menschlichen befindlichkeit in der welt auf das kategoriensystem der biologie oder auch der chemie oder physik zu reduzieren, für an sich legitim, jedoch für nur begrenzt fruchtbar und für prinzipiell unzulänglich.) im selben augenblick zersprang die weiße mauer. die bleistifte explodierten. können sie mir verzeihen? ich will bitte mein bewußtsein finden. er konsumierte ja täglich 1 bis 2 tabletten aspirin auf ein glas leitungswasser. die schildinschrift lautete: institut für gehirnforschung und farbenlehre. der professor starrte durch seine dicke brille. er identifizierte die barthaare.

ich legte die silbermünze auf den tisch. ein fläschchen parfum! ich zog die taschenuhr am aufziehrädchen auf und hielt sie gegen den plombierten zahn. meine iris nahm eine milchig weiße farbe an. von der dachrinne tropfte es.
weiters grub ich anderen eine grube und fiel selbst hinein. ich lobte den tag vor dem abend. ich schaute einem geschenkten gaul ins maul. ich kam vom hundertsten ins tausendste. ich fügte einem andern zu, was ich nicht wollte, daß man mir tu. ich setzte alles auf eine karte. ich warf die flinte ins korn. ich brachte meine schäfchen ins trockene. ich lebte wie gott in frankreich. ich war feucht hinter den ohren. ich klopfte auf holz. ich besaß lieber den spatz in der hand, als die taube auf dem dach. es ging mir wie dem fuchs mit den trauben. hoch klang das lied vom braven mann.

am selben abend spazierte ich mit einem köfferchen zum bahnhof, um blindlings zu verreisen. ich spazierte dreimal grundlos um den bahnhof herum. ich starrte durch türritzen und fensterscheiben. ich begab mich ins stehpissoir. das bahnhofsgebäude war leer. ich stellte dann meinen koffer in eine ecke. ich wog mich auf einer waage. es war ein wenig freqentierter vorstadtbahnhof. ich trat an den schalter, um eine karte zu lösen. plötzlich kam mir ein zufällig entstandener gedanke mit ungeheurer schwere zu bewußtsein: dieser bahnhof sei von bakterien und viren verseucht!! jede türschnalle, jede sitzgelegenheit, jedes kleidungsstückchen am körper, eines beliebigen menschen sei förmlich überflutet von bazillen!!!

leeuwenhoek (1683) stellte bereits fest, daß die bakterien als stäbchen, kugeln und spiralen vorkommen, die bakterienzelle besteht aus einer kolloidalen masse, dem cytoplasma. dieses ist umgeben von einer cytoplasmatischen membran und enthält verdichtungen, die dem kern der tierischen oder pflanzlichen zelle entsprechen und als kernäqivalent bezeichnet werden. zusammenfassend sind diese zellbestandteile protoplast genannt worden. den protoplast umhüllt die zellwand, die in vielen fällen an ihrer außenseite von einer schleimschicht (kapsel) überzogen ist. manche bakterienzellen besitzen ein oder mehrere fadenförmige anhängsel, die geißeln, welche nach allgemeiner ansicht der fortbewegung dienen.

was mich am meisten beschäftigte, war die unberechenbarkeit, mit der sich dieser zwischenfall ereignet hatte. was hatte mich dazu veranlaßt? welche modifikation hatte sich in meinem gehirn bis zu dieser ungeheuerlichkeit hinaufmultipliziert? ich hob meinen verschnürten koffer vom boden auf. ich durfte nicht einmal atmen, ohne mich sogleich der größten lebensgefahr auszusetzen. hastig trat ich auf den perron. ich stieß die flügeltüre mit den ellenbögen auf. ich mußte darauf achten, die haut meiner hände nicht zu infizieren. ich beabsichtigte, meine hände zu waschen. ich starrte auf den von grünspan überzogenen wasserhahn. streptokokken? salmonellen? mycobacteriaceae? actinomycetaceae? wie sollte ich den wasserhahn wieder schließen, nachdem ich meine hände gewaschen hatte, ohne mich nachträglich zu infizieren? ich stellte den koffer zu boden. meine augäpfel waren feucht. man sah durchaus die komplexe und unerschöpfliche natur meiner person. ich griff nach meinem taschentuch. aber war es nicht wahnsinn, dieses tuch, auf dem sich ein unsichtbares, gefährliches gewimmel abspielte, in die hand zu nehmen?

WIE MAN UNGEZIEFER ENTFERNT:

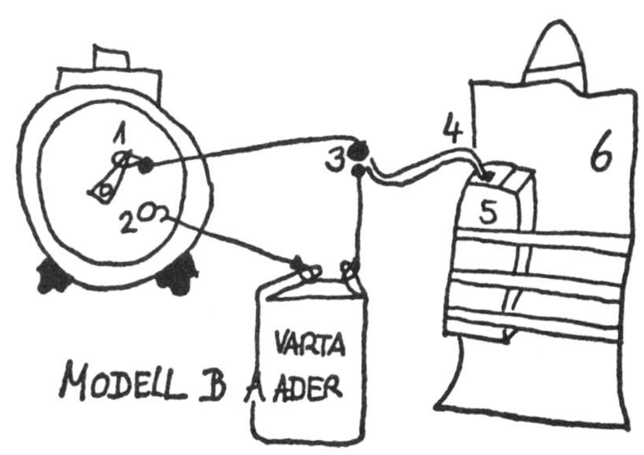

abb. 3

erläuterung:
1. minutenzeiger des weckers entfernen. der stundenzeiger (1) stellt durch die schraube im zifferblatt (2) zur gewünschten zeit den stromkreis zum glühkopf eines elektrischen gasanzünders (3) her.
2. der funke vom glühkopf wird durch zündschnur (4) zum behälter mit schwarz- oder rauchpulver geleitet (5).
3. das entzündete schwarzpulver schmilzt die plastikflasche (6) durch, das ausfließende benzin fängt feuer.

inzwischen war der zug eingefahren. ich suchte nach einem stück sauberen papiers. wo aber war ein gegenstand, der nicht förmlich von bakterien und viren troff? vorsichtig machte ich mich an das trittbrett eines waggons heran. ich vermied es, den haltegriff zu berühren. ich schob mich mit dem rücken voran durch die klapptüren in das nächste, unbesetzte abteil. ich nahm meinen rockzipf zwischen die finger und riegelte die türe von innen ab. jaja, dieses menschen- und virengesindel! das abteil war unbeleuchtet, aber ich dachte nicht daran, das licht anzuknipsen! der zug setzte sich langsam in bewegung. ich verkroch mich in der dunkelheit. die viren sollten nur versuchen, mich im dunkeln zu treffen! es handelte sich ja nur um die erkenntnissituation des gegensatzes zwischen mir selbst und den preßglasleuchten, den viren, dem muster in der holzbank, dem geräusch des fahrenden zuges, dem geruch, dem koffer etc., der mir unvermittelt zu bewußtsein kam. an der nächsten station verließ ich den waggon.

blätter wie vögel, schwarze blätter. raschelndes laub. blätter wie flatternde vögel. der koffer. schuhe

gelb. gelb. gelbe nacht. gelber schuh. der koffer gelb. ein gelber knopf. gelber gedanke. ein sturz ins gelbe, gelbes gras. gelbe steine, das gelbe bewußtsein, sage ich, ist eine gelbe angelegenheit, wovon wir uns den gelben plural gelb schlechterdings nicht vorstellen können. sogar in den gelben pathologischen fällen von gelber spaltung der gelben persönlichkeit wechseln die beiden gelben personen ab, sie beherrschen nicht gleichzeitig das gelbe feld. ich kann mir, kann mir nicht ... äh ... gelb denken, wie etwa ... äh ... z. b. mein

einheitliches, sagen wir, gelbes bewußtsein durch integration der bewußtseine der ze ... ich meine, der *gelben* zellen oder einiger der gelben zellen, die mein gelber leib sind, entweder entstanden ist oder ... es macht ja ganz den eindruck, um einmal dies zu sagen ... äh ganz den eindruck, als würde das vom rechten und vom linken gelben auge kommende gelbe bild von je einem gelben beobachter erblickt und als würden die gelben bewußtseine der beiden gelben beobachter zu einem einzigen gelben bewußtsein verschmelzen. es ist, als würden die gelben wahrnehmungen des rechten und linken gelben auges einzeln verarbeitet und erst geistig zu einer einzigen verschmolzen ...
meine schuhe hinterlassen überraschenderweise gelbe, eindeutig als gelb definierte spuren! mein gelbes hirn erzeugt gelbe wörter.

meine körpertemperatur ist, damit sie es wissen, nahezu konstant. eine wichtige eigenschaft! bitte betrachten sie lebende wesen principiell als objecte physikalischer erkenntnisse! ... bemühen sie sich täglich um zusammenhänge. jede natürliche zahl hat ja stets einen und stets einen bestimmten nachfolger. die sonne scheint seit 30 milliarden jahren (unverändert!). besonders erwähnenswert scheint mir das factum, daß unsere continente wie eisschollen in der schweren materie des untergrundes schwimmen. gott sei dank aber hat sich die erde seit jahrmilliarden nicht merklich abgekühlt. wirklich ein vorteil!

ich stellte den koffer in meinem zimmer ab. es war 2 uhr siebzehn. (die länge eines maßstabes hängt ja von der relativgeschwindigkeit des betrachters ab, der sie mißt. dasselbe gilt natürlich auch für die von uhren angegebene zeit.) fürsorglich füllte ich das zimmer mit meiner gegenwart an. im zimmer schwirrten lichtpartikel. ganz dem leidenschaftslosen duktus meiner ausführungen hingegeben, mit ohren und augen auf aufnahme eingestellt, verschränkt, verstrickt in den schwerfaßlichen sinn meiner sätze, gefangengenommen von meiner kühlen sachlichkeit, der schonungslosen und dennoch so völlig unprätentiösen art meines denkens, aber immer wieder aufs neue schockiert von der fülle kaum aufgegriffener und wieder verworfener einfälle, die – wie bälle in der hand des schwarzkünstlers – an stets unerwarteter stelle erschienen, stand ich, ein bursche von kaum siebenundzwanzig jahren, an diesem anbrechenden tag in meinem zimmer und starrte das mobiliar an (hoffer). unterwegs hatte ich eine katze gesehen, mit einem gelben vogel im mund. eine weile verfolgte ich sie zum vergnügen. oder trug sie ein großes blatt zwischen den zähnen? ich hatte mir gerade vorgenommen, meine pünktlichkeit unter beweis zu stellen. endlich einmal sollte ein vorausbestimmter punkt auf meiner zeitkoordinate exakt einem bestimmten punkt auf meiner raumkoordinate entsprechen. so aber hatte ich meinen vorsatz vergessen und folgte der katze. die erinnerung daran überkommt mich in meinem zimmer (2 uhr 18). es handelte sich um ein elendes tier. das geschlecht konnte ich nicht so leicht feststellen, es ging jedoch gewissermaßen um etwas anderes. ich folgte willkürlich den eingebungen eines katzenhirnes. meinen koffer hatte ich längst abgestellt. trug sie am ende eine ratte zwischen den zähnen? wie lange folgte ich ihr? plötzlich flog die ratte in die luft, war es ein vogel? war es ein blatt? erstaunt öffne ich die türe, statt der katze springt ein kalter luftzug durch die türe, reißt die türe auf, strömt in mein zimmer, vereist den spiegel. meine lippen sind blaugefroren, mein körper dampft vor kälte. erschreckt flattern die krähen vor meinem fenster auf, mit einem ruck öffne ich die türe meines kastens. ich blickte auf meine uhr. ich trat meine schuhe von den fersen. mit nackten füßen stopfte ich meine schuhe unter das bett. ich trank einen schluck wasser. ich spannte meine halsmuskeln an. ich dachte an mein rotes inneres. die relativität der erscheinungen verwirrte mich. ich schnürte meine schuhe nicht zu. ich trug einen sessel in den keller. in dem speiseteller befanden sich aschenreste. ich behandelte das ekzem auf meinem fuß mit tego forte salbe. ich betrachtete die abfälle im abfallkübel. meine fähigkeit, die gegenstände im zimmer wahrzunehmen, nahm ab. die lade des nachttisches war verklemmt. die kochplatte verursachte einen kurzschluß. wie oft hatte ich mich an windigen tagen absichtlich dem wind ausgesetzt! mein gesichtsfeld wurde von den dicken wänden begrenzt. mein rhesusfaktor veränderte sich tag und nacht nicht. ich schloß und öffnete die augenlider. als ich versehentlich eine bücherstütze vom tisch warf, stürzte folgendes zu boden: ein blauer bleistift, ein päckchen lucky strike, der malteser falke von dashiell hammet, mein leben von joseph hyrtl (sein vater hatte noch unter haydn als musiker die oboe geblasen; in wien wurde er sängerknabe. und so besuchte er das gymnasium und studierte nachher medizin. sofort und bis an sein lebensende widmete er sich der anatomie. schon der junge student hatte seine schlafkammer zur werkstatt gemacht, der prorektor und junge professor die museen von wien und prag mit den erzeugnissen seiner kunstfertigen hände gefüllt, der meister auf der höhe seines schaffens jene der ganzen welt mit präparaten versorgt. immer arbeitete er praktisch, und sein vergleichendes anatomisches museum verfügte über 5000 präparate. diesbezüglich kam ihm allerdings ernst fuchs in die qere. mit vielen tausenden mikroskopischen präparaten hat dieser »anatom des kranken auges« eine sammlung geschaffen, die zu den größten der ganzen welt gehört.) ich stellte die ordnung auf meinem tisch wieder her. ich betrachtete meinen körper. die poren sind löcher. aus und ein zieht durch mich die luft. meine lidränder sind fette raupen. aus meiner nase tropfen schleimige, weiße würmer. ich zog mein hemd über den kopf. ich hörte, wie der stoff in sich zusammensank. assoziationsketten, wortisomere, epiphanien. im waschbekken tropfte ein tropfen auf das email: splat! splat! chlack! und die türe fällt ins schloß. ich falle von einer wirklichkeit in die andere. sich abwechselnde unfaßbarkeiten. korrelate verschiedener methoden, die phänomene zu deuten. in meinem hirn stelle ich wirklichkeitsmuster her und zerstöre sie.

die lufthüllen der erde:

troposphäre	0-12 km
stratosphäre	12-75 km
mesosphäre	75-120 km
termosphäre	120-8000 km
exosphäre	8000-∞

entfernungen von der erde:

sonne	149 504 000 km
mond	384 000 km

erdumlaufgeschwindigkeit
um die sonne: 29,76 km/sec

erdoberfläche	festland	148 976 000 km^2	=	29,2%
	wasser	360 974 000 km^2	=	70,8%
	insgesamt:	509 950 000 km^2		
erdinhalt		1082,8 tausend mill. km^3		
erddurchmesser		12 756 km		
äqatorumfang		40 070 378 m		
polarkreislänge		15 996 280 m		

ich erwache. knisternd aktivieren sich die fünftausend zellen meines körpers. mein kiefer, meine schenkel, mein gesäß, mein blut, meine zähne, meine augäpfel, mein sperma, meine schleimhäute, meine finger, meine ohrknorpel, meine zunge, mein speichel, meine gurgel, mein urin, mein gedärm schleppen sich zum fenster, unter mir die straße, unter den geöffneten fensterbalken die ausgestorbene straße. mein bebrilltes, apfelgraues auge sah ins licht, ohne zu zwinkern. ein mensch kroch das straßenlineal entlang. eine totenähnliche Figur, mit einem plattgedrückten gesicht. an der ecke lehnt ein schubkarren. die wirklichkeit war unauffindbar. ich fand keine wirklichkeit. der baum ist schließlich und endlich ein vokabel. die sprache absorbiert meine wirklichkeit. das blatt ist ein vokabel. die straße ist ein vokabel. der schubkarren ist ein vokabel. meine hand ist ein vokabel. das zimmer ist ein vokabel. die wasserleitung ist ein vokabel. der kasten ist ein vokabel. das bett ist ein vokabel. der teppich ist ein vokabel. das licht ist ein vokabel. der tag ist ein vokabel. die erdkrümmung ist ein vokabel. die schwerkraft ist ein vokabel. die zigarette ist ein vokabel. die zeitung ist ein vokabel. das vokabel ist ein vokabel. die konsistenz ist ein vokabel. der schuh ist ein vokabel. der hut ist ein vokabel. der kosmos ist ein vokabel.

ich bin AE, eine formel. AE reagiert auf luft, auf farben, auf schallwellen, auf geruch, auf wetter, auf menschen, auf essen, auf trinken, auf ... er ist müde. das amalgam übermüdung lullt ihn ein. assoziationsmetastasen als katalysatoren. er betrachtet das zimmer, den anbrechenden morgen. ein gelber und grüner und blauer und roter und weißer und schwarzer morgen. er tritt auf die schnurgerade straße. er biegt nach rechts ab. – und dann? – nach links und dann? – wieder nach links. und dann? bleibt er stehen. und dann? reinigt er seine brille. und dann? bückt er sich. und? – hebt etwas vom boden auf. und? betrachtet es. und? steckt es in den hosensack. und dann? spaziert er zum park. und? setzt sich auf eine bank. und? – lauscht. und? spricht. und? starrt vor sich hin. und? denkt an den tod. und? riecht an einem blatt. und? – nichts mehr. er hat blaue zähne vom rotwein.
er ißt eine semmel, um sich die zähne zu putzen. die worte in seinem kopf lassen ihn handeln. je mehr ihm ein wort zusagt, desto intensiver handelt er.

er hat keine ichschranke. er hat nichts dagegen, ein partikel schmutz zu sein. oder eine amöbe oder phlogiston oder eine zeitung oder ein regenschirm. er raucht eine zigarette. jemand hat sie ihm vor langer zeit geliehen. bis heute konnte er sich nicht entschließen, sie zu rauchen. was er wahrnimmt, ist ein schwirren. die gegenstände schwirren herum, schwirren chiffriert durch den augapfel und sind entcorporiert in seinem schädel und winzig und wenn er die augen schließt, sind sie weg, nicht mehr da...

ich verharre hier wie eine mikrobe, den mantelkragen voller haare, im maul schwarze plomben, um mich glänzende koffer und taschen, fahle hüte – eine auster unter hustenden, toten, krüppeln, amputierten, irren, taubstummen, blinden, zahnlosen, syphilitikern, stinkenden, rasenden, brüllenden, triefenden, urinierenden, lungenlosen, bisamratten, somnambulen, alkoholikern und schwachsinnigen. ja, ja, jetzt krachen kaskaden von sekunden, krachen knatternd aus den uhren hervor, aus den fingern qillt magnesium, qillt ammoniak, qillt qecksilber. ich spreche cobol. fortran und algol. mein output fliegt nur so aus meinem körper. paß auf das aggregat auf! paß auf! wir verarbeiten alles im realtime verfahren. und? löschen die speicher. und? bootstrappen unser bewußtsein.
bleiche häuser. das haar klebt auf dem kopf. überall meine zehn finger. gelbe ämter, kalte steinböden – frisch gestrichen. pfui teufel, alles ist mit diesem menscheneiter bekleckert!! he, sie egel no. 1! und sie widerlich verkrampfter analknoten! einen tritt in den arsch jedem, der es wagt, sich mir in den weg zu stellen! ich kratze angewidert darmfetzen von meinen schuhspitzen. ha, genußvolles atmen! die augäpfel sind blutunterlaufen. NICHT BERÜHREN, ICH BIN VOLL SCHLEIM! ich bin voll schweiß! ich bin voll fäulnis! ich bin voll speichel! – dieser rosenkranz auf dem papier ist voll gift. vorsicht. wenn ihr kein blut sehen könnt! meine bindehäute sind rot. ich trage ein verschimmeltes pflaster auf dem bauch. wer schielt, wird bestraft! blindenhunde besudeln den asphalt mit geschmolzenem kobalt. hauptsache, ihr stuhlgang ist wieder normal, denke ich mir. und schäle mir ein äpfelchen. jaulend öffnen sich die wolken: asche! hier stehe ich, schnecke, hund, wespe, wanze, laus, käfer, hai, katze, assel, molch, wurm,

eine pustel mitten unter fein herausgeputzten – was klempern sie an mir herum? was wollen sie? haltet die goschn!! in den labors erzeugt man längst ausschläge – kiloweise! hier, ein pfund von meiner hautfettn zum maulverkleben! schnell, schnell ein tropfen jod!! ich qelle aus den poren der sätze! ich qelle hervor in die gedunsene, farblose klebrigkeit, ja, ejakuliere mich als ein weißes embryo zum wegwischen, zum wegkehren, zum wegblasen! starr' mich nicht an, mich wort, ich bin schwarz und dünn, nicht rosig von hämoglobin, starr und architektonisch bin ich, meine speiseröhre ist nie verstopft, mein gehirn ist nie desinfiziert, meine fingernägel sind nicht voll ruß, ich bezahle euch müllhaufen keine honorare, bin mir selbst pfau genug, ihr kuckucksuhren und aufgeblähten prälate! wohin man sieht: liqor, ödeme, geöffnete gashähne, gefängnisse unter cellophan, leichen in stanniol, abgeschnittene glieder in zeitungspapier, verbogene uhrzeiger, wuchernde entropie! bleibt mir vom hals mit eurem gesabber! die infinitesimale zukunft wollt ihr aus den händen lesen? von apokalypsen faseln? beseht euch doch nur eure rotznasen! es stinkt nach aktnotiz und ganglienzellen. hier wird zuviel gedacht, hehe! sucht euch neue särge! es ist grün, grün und tag, hier, ich mit zweihundertsiebzehn knochen. dann gehe ich bis zur straßenbahnkehre. dann betrachte ich von weitem das krematorium. (die unkritische anziehungskraft der worte, der rostige magnetismus, die hurerische pickigkeit.) dann betrete ich maria schemels weißes lamm um n' klaren hinter die binde zu gießen. die olle flau schemel die olle. vollständig blau alles. blaue stühle. die bilder, die gläser, alles blau. luder! lächerliches lakaiengesindel. latrinengestank. klirr, klirr, läutets. die laffinielte glocke über der tüüle. hihihihi. lauter lachen, lauter! blaues glas. tschliip, tschlip – nasowas, ne lerche! mit'm licht klappts schlecht, kann leider nicht – tschliip wo? n' lappen! laß gleich liegen! da schlurft n' altes aas, lechzt nach alkohol und schlurft im dunkeln helum. n' sessel polterd, son holzener laut, polterd umund um und um. so dunkel. blaue flüssigkeiten fließen, klitschen zu boden, split, split . . . gloasslich! gloasslich! de sojn, mit de sojn schleppns die bladln eina. ois vulla bloe bladln und i winsch mr a klasse glossolallie!

freitag. mein hemd is n' totenhemd. da läuft n' hund. dreckiger hund dreckiger! mit seinen vier niederen beinen schleppt er seine stinkenden eingeweide herum. auf seinen augäpfeln sitzen fliegen und putzen sich die pfoten! wenn er läuft, sieht man seine hoden. unter seinem haarigen äußeren verbirgt sich eine häßliche dunkelrote haut. an einem blumenstand erstehe ich eine aster, eine süße violette aster. so. ein haus hat eine feuerleiter außenrum. und hecken wachsen rundherum und dahinter, im haus, geht etwas vor sich, eine mahlzeit? schläft jemand? lacht jemand? in der luft gurgelts. die da befinden sich doch alle in einem delirium, in einem deliriumhaften zustand! wie sonst könnten sie einander ertragen, dies alles hier hinnehmen!

lauter eingefallene brustkörbe, mürbes fleisch, gestank, der erdboden ist voller fußabdrücke. jemand wollte eine zerrissene photographie durchs kanalgitter verschwinden lassen. nöö, geht nicht so leicht, kleiner! geht nur hin, greift sie nur an! ihr könnt ihre schlagadern fühlen, fühlt ihr sie? und die hornfäden, die lang und dünn aus ihrer kopfhaut wachsen! und die scharfen schulterknochen und die eckigen kieferknochen und die weißen füße! interessant! sie verfügen über eine gute fötale intelligenz, wirklich? unter den kleidungsstücken ein wahres arsenal an prothesen, bruchgürteln, miedern, verbänden, schläuchen ... ihr müßt euch nur daran gewöhnen, sie zu tasten mit empfindlichen fingerspitzen ... seht ihr die brillengestelle? die hörapparate? die perücken? die gummibeulen? die verpflanzten hautteile? die glasaugen? die holzbeine? die katzenfelle? die wattebinden? die zahnprothesen? seht ihr die tiere, die sie sich zur gesellschaft halten: die fliegen, katzen, hunde, schildkröten? die gonokokken, vögel, fische, motten, spinnen, wanzen, maden, mehlwürmer und bakterien? seht ihre krankheiten! karies, poliomyelitis, dysenterie, prostata, schorf, herpes, schuppen, lepra, schwindsucht, elephantiasis, verkrümmungen, hühneraugen, haemorrhoiden, cholera, typhus, irresein! seht nur ihre ausscheidungen: schweiß, kot, urin, rotz, speichel, ohrenfett, menstruationsblut, wundsekret, sperma, speie, ihre krusten, ihre gelben überbleibsel in den augenwinkeln, ihre abgeschnittenen haare, ihre abgeschnittenen fingernägel, ihren talg, ihren faulen atem! seht ihr sie kriechen, verleumden und speichellecken? seht ihr sie hasten, ducken, heucheln, scheißen, schar-

wenzeln, schmeicheln, grüßen, verbeugen, beschönigen? seht ihr sie töten, nasenbohren, onanieren, auflauern, sich kratzen, einander ehren, einander achten, einander würden zuschanzen, reden halten, windablassen?
DANN VERSETZT JEDWEDEM EINEN TRITT IN DEN ARSCH!

du gehst weiter und siehst von jeglichem ding nur 'n bruchteil: den halben baum, 6/10 von 'nem gelben haus, 2/3 von 'nem braunen haus, die vorderseite von 'ner mietskaserne, 'nen halben menschen, 'nen halbes kind, die hälfte von der sonne, 3 km von der erdoberfläche, was oben ist von 'ner pfütze, 7/10 von 'ner bank, 1/3 von 'ner straße, die hälfte von 'nem hut auffn kopp, 'n 3/4 mann, 'n halben tisch, 4/5 von 'ner straßenbahn (weil du sie genau beäugst), 10% von 'ner zeitung, 20% von inschriften, einen halben gartensessel von weißer farbe, 'n halbes personenauto, 'n halbes fahrrad, 'n kleines stück von dir selbst, manchmal 'n schuh, manchmal 'ne hand, manchmal dein gesicht in 'ner scheibe, ein viertel von 'nem denkmal, 3/10 von 'ner telefonzelle, 7/8 von 'ner tabaktrafik, 'n halben briefkasten, die dir zugewandte seite von 'nem zaun, halbe blätter, dann hörst du 'n bruchteil von 'nem satz, 'nen bruchteil von 'nem wort, 'nen bruchteil von 'nem geräusch, denkst 'n bruchteil von 'nem gedanken, nimmst 'n bruchteil, einen bruchteil von 'nem ding wahr, setzt 'n bruchteil von dir auf 'n bruchteil holz. jeder gegenstand ist ins leere gestellt, immer nur er selbst, er selbst, er selbst, er selbst, du hast das gefühl nur noch 'nem chaotischen film zuzuschauen, der unaufhörlich vor deinen augen abläuft. die leute erscheinen dir wie in 'nem traum ... du kannst sie nicht mehr nach ihrer besonderen art unterscheiden ... du wirst zu tode gedrückt von kadavern, schutt und abfall, 'ne riesige masse müll schüttet sich über dich und deckt dich zu. du schließt die augen, hältst dich 'ne weile an dir selbst fest, als seist du 'n isolierter corpus im raum. du diagnostizierst die bizarrsten zustände an dir: deine gedanken sind wie insekten. du bist wie 'n stein. deine hände wissen nicht, was sie als nächstes tun werden. du kannst die farben hören, du fühlst, daß die menschen über dich lachen. ihre gesichter sind hippokratische fratzen. hier hast du 'n schwarzen fleck auf der hand – och, nicht der rede wert, is nur 'n leichenfleck, hehe! in dir ist überhaupt nichts. die gegenstände befinden sich im nichts.

die worte fliegen lose herum und vermengen sich, die bilder vermischen sich, du selbst bist 'n merkwürdiges, körperhaftes nichts. du stehst auf und wunderst dich, daß die menschen nicht durch dich hindurchgehen, ohne daß sie dich wahrnehmen, du wunderst dich, daß sie dir ausweichen, daß sie dich überhaupt sehen.

so gehst du zum park, spazierst herum, herum, herum, weil du dein eigenes, verhängnisvolles axiom bist!

je weiter zurückliegende eindrücke ich wachrufe, desto größer ist die anzahl der verfaulten sätze, der kehrichtwörter, die ich wegwischen muß.
die sätze fügen sich selbst zusammen, wortmoleküle, silbenatome reagieren miteinander, meine prosa geht blitzartig in verschiedene aggregatzustände über, wird sprungartig gasförmig, ist kristallinisch, war flüssig... hör mal zu, wir wollen unseren eingewachsenen zehennagel behandeln! du stellst deinen fuß in die weiße emailschüssel mit dem blauen rand. nebenan rumort jemand. der rechtsanwalt kriezscher bezieht seine ansicht über die welt aus knaurs buch der fisik. sowas! das wasser dampft. dein stuhl wackelt. ehrlichgesagt, du spürst gar nichts. dein zehennagel verursacht keinerlei schmerz. du denkst über den schmerz nach. mensch, da türmen sich die wörter nur so auf, pfui daibl! als was gibst du denn überhaupt deine meinung kund? als person? als naturwissenschaftler? soziologe? privatmann?

---

als was man unter anderem sprechen kann: als arzt, als bruder, als einer der es gut meint, als unbeteiligter, als leidenschaftlicher vertreter des rechts, als siebzigjähriger, als hundertjähriger, als alter mann, als einer der sein schweigen zum ersten mal seit 6 jahren bricht, als deutscher, als freund, als vater, als verantwortlicher, als nichtverantwortlicher, als nichteingeweihter, als vielleicht nicht genügend informierter, als kleiner mann von der straße, als einer der allerhand mitgemacht hat, als ein mann des wortes, als schriftsteller, als künstler, als sozialist, als einer, der weltanschauung ablehnt, als christ, als dein lehrer

---

du sitzt 'ne weile da. es ist noch nichteinmal 'n halber tag vergangen, seit du aufgestanden bist. was war eigentlich dein eindrucksvollstes erlebnis ... vielleicht war es hier im zimmer, als eines tages 'ne blaue fliege über die fensterscheibe lief und winzige blaue punkte hinter sich als spuren erzeugte, weil sie vorher durch einen tropfen methylenblau spaziert war ... du bist dein eigener vorfahr, jeden tag bist du dein nachkomme von gestern ... deine vorfahren haben also diese fliege gesehen und dir ein inneres bild davon hinterlassen ... du kannst deinen vorfahren sehen, du kannst ihn dir vorstellen, wie er die fliege beobachtete, wie er stundenlang einen apfel in der hand hielt und ihn anstarrte. die wirklichkeit, übermächtig in ihrer bewußtseinsprägenden faktizität, verstellt ihm den zugang zu den worten. das abbild der sichtbaren welt ist ihm zur formel erstarrt. er kann sich keine gegenwelt schaffen. er kann lediglich erfahrungsinhalte konstatieren. er versucht ein partikel durch den akt der benennung aus der wirklichkeit zu isolieren. es ist ein ausflug. eine expedition in ein labyrinth. er spricht leise vor sich hin. er sieht 'nen teil vom ganzen apfel und ergänzt ihn in seinem kopf aus seinem erfahrungsreservoir. dann nimmt er wieder ein stück davon weg und spricht es aus.

ich setze mich mit meinem stuhl ans fenster, öffne es zuvor und beobachte das straßenlineal, beobachte die verschiebungen der einzelnen körper auf ihm, das auftauchen neuer individuen und objekte, seht nur, seht! kleine, schwarze süßwasserpolypen! junge christatellen! eine masse laich! gebt mir 'n mikroskop, damit ich die kröteneier da unten beobachten kann! ich sprenge sie in die luft, alle miteinander.
ich schließe die fenster, schließe sie geräuschvoll zu.

ich höre das gras wachsen, das licht klirren, die worte fliegen. ich zeige meine menschliche vernünftigkeit, beschäme die menschliche societät! ich bin geschaffen aus staub, lehm, dreck. ich zeige meine vernunft, mein talent! ja, ich bin kein dummes vieh, kein einfältiges individuum! ich expliziere meine gedanken, ich praesentiere meine rationalität! seht ihr die winzigste viehigkeit an mir? warum zögert ihr dann? spitzt eure fledermausöhrchen, wascht eure triefenden äugchen, folgt meinem gedankenfluß:

optimierung 1: verfahren gegen das deterministische denken. »entfernt das schachbrett aus euren schädeln! wir befürworten die logik der schizophrenen, den gasförmigen aggregatzustand der gedanken, die brownschen bewegungen der assoziationsmechanismen ... hände und füße gehören zu den gliedmaßen. bauch, rücken und hals zum rumpf. magen, milz, leber, lunge, herz und darm zu den inneren organen. augen, ohren, nase, haare, stirn und mund zum kopf ... jetzt bist du klug! jetzt habt ihr euch geeinigt! jetzt kanns weiter gehen ... aufbauen! ableiten! definieren! schließen! merke: die wissenschaft schafft nur eine bestimmte art von wirklichkeit, sie produciert eine selbstgebastelte wahrheit, ist gefangen in sich selbst! die wirklichkeit der naturwissenschaften ist nicht wirklich! sie ist rauschhafter und entfremdeter als die eines wahnsinnigen! ihr gedankengebäude ist ein willkürliches, anthropomorphes, axiomatisches! menschliche intelligenz schließt aufgrund selbstgebastelter, selbst lizensierter, selbst als objektiv bestätigter apparaturen! wen stören widersprüche? die natur selbst ist widersprüchlich!«
optimierung 2: die nächstbeste lösung, mit der brut des stoizismus fertigzuwerden:
»es hat sich im christlichen kulturkreis des 20. jahrhunderts eingebürgert, die stoizistische geisteshaltung wehmütig bewundernd zu betrachten. narren! seht ihr denn nicht, daß der stoizismus eng mit biologischen prozessen verbunden ist? mit kalkablagerungen in den hirngefäßen! verfettung der nervenschaltungen! fallendem blutdruck! geringerem bedürfnis nach nahrung! schwierigkeiten, den urin in der blase zurückzuhalten! impotenz! faltenwurf! haarausfall! beginnender taubheit! schwachsinnigkeit! zahnausfall! langsamem dahinkriechen! außer atem kommen! der stoizismus ist der versuch von greisen, ihre biologisch bedingte unfähigkeit zu leben, durch posen und wortschmuck als erstrebenswertes ziel für die allgemeinheit hinzustellen. jedem stoiker einen tritt in den arsch!«

3. DER OBSERVATEUR (EINE SKIZZE)

ein lichtstrahl traf in diesem moment auf die erdatmosphäre und durchlief sie auf einer leichtgekrümmten bahn. ja, das war ein schöner ton! ist der ton gefällt mir / ist der ton großartig / der ton ist hübsch / der ton macht sich großzügig / der ton ist groß spitz / der ton ist laut. die ist schön / der liebe ton ist artig / der ton ist schön / guter ist ton. »sowas. nö, daß der det hören kann. wohl 'n mystiker, wie?« – »jawohl, sehr wohl. vafüje über müstische fähichkajten! ick sehe det schwarze weltall! kosmos, 'n loch. jawoll, sehe ick! sehe täglich det kosmische loch! und wat icke hören kann! vanehmen se det: det winkeljeschwindichkait von det einzelnen planeten entspricht 'nem musikalischen intervall. det jesamtheit von die sex planeten ajibt, je nachdem obste beim saturn im perihel oder aphel anfengst, det janze dur- oder molltonleiter. was sagste nu?« – »nüscht!«

schon hatte sich die naturerscheinung verflüchtigt und ließ mich, den aufzeichnenden betrachter mit meinem selbstgespräch zurück. nichts außergewöhnliches war mehr festzustellen. so vergingen die tage. eines morgens nahm der betrachter einen stiefmütterlichen geruch war. der himmel bog sich vom firmament herab. die straßen waren merkwürdig gebogen. er vermochte in der sprache der vögel zu denken. manchmal träumte er sogar in der vogelsprache. er war, wie gesagt, ein professioneller betrachter. er schlug sich mit allerlei betrachtungen herum, er betrachtete sozusagen alles, was ihm in die qere kam oder über den weg lief. in erster linie war es zufälliges. am zufälligen ereignis fiel ihm zweierlei auf: daß es überhaupt möglich war und daß es faktisch eintrat.

nun jedoch zurück zu ihm, dem betrachter. oft lauschte er an den wänden. auch schlief er wenig. vorzugsweise ernährte er sich von wasser. er widmete einen längeren abschnitt seines lebens dem gedächtnis des wassers. warum drehte sich, sobald wasser irgendwo abfloß, der sog stets nach links? so kroch er über die erdoberfläche. er fand kein physikalisches gesetz in der natur exakt erfüllt, später arbeitete er als detektiv. oft schien die sonne und warf lichtkringel auf den zimmerboden. auf der straße herrschte lebhafter betrieb. mülltonnen klapperten, jalousien wurden hochgezogen, er sah ein, daß es keine fortsetzung seiner experimente mehr gab. er hatte sich nichts vorzuwerfen. langsam vergaß er seinen namen. die fotografen standen um ihn herum. die perspektive ist dein größter feind, sagte der kommissar. er trat den gegenständen näher, sie wurden mit jedem schritt, den er auf sie zutat, größer. ja, war er selbst magnetisch, er, der beobachtete? wenn es ihm die zeit erlaubte, rauchte er genüßlich eine zigarette. dabei fiel ihm ein, daß alle seine erfahrungen qalitativ waren. er zuckte zusammen, er verkroch sich wie eine kellerassel. seiner zimmerwirtin schenkte er am 21. april eine alte hutblume. das war alles. schon schien er verloren, da schlüpfte er erneut durch eine luftritze auf die straße. er beobachtete den parkinsonschen anfall eines zeitungsausträgers. was ihm hierbei auffiel, war folgendes: das zittern des zeitungsausträgers, der braune speicheltropfen, der dem zeitungsausträger über das kinn lief und auf den boden tropfte, der weit aufgesperrte, zur schwarzen höhle gewordene mund des zeitungsausträgers. er empfand kein mitleid. er erfreute sich des ungewohnten anblicks.

zu gerne hätte er einmal die placenta seiner zimmerwirtin gesehen! wenn er angefangen hatte zu beobachten, konnte er sich nicht mehr überwinden, einen schlußstrich darunter zu ziehen. was war eigentlich das transportmittel, dessen sich die wirklichkeit bediente, um in seinen körper einzudringen? und welche eigenschaften erlaubten ihm, die wirklichkeit für sich – wie man sagt – rationalisierbar zu machen? der nachteil seiner haut gegenüber seinen augen war, daß zwischen zwei aufeinanderfolgenden eindrücken wesentlich mehr zeit verstreichen mußte, damit sie voneinander unterschieden werden konnten. der lichtstaub färbte sein haupt. er fand eine durchsichtige pflanze von ellipsenförmiger form. seine knöchelchen klapperten mit jedem schritt. der tag war eine grünliche tinktur, selbst die dachrinnen hatten grünspan angesetzt! er wischte das dreidimensionale spinngewebe aus den augen. der kreisel seiner gedanken drehte sich in seinem gehirn. er besaß nur noch weniges. mit einem verrosteten zirkel betrieb er abends geometrie. war es am ende möglich, diese ganze erde zu verdunsten? er saß gerade in seinem garten zwischen bunten glaskugeln und im winde flatternden vogelscheuchen. um ihn wucherte die üppige architektur der großstadt. schon seit geraumem hatte er das physische gefühl, zu stürzen, wobei seine absturzgeschwindigkeit stetig zunahm. das war das ende? in dieser fortschrittlichen metropole beabsichtigte er paradoxerweise, sich das leben zu nehmen? er verfluchte seine pestilente feigheit. er sondierte seinen kleiderschrank nach einem seriösen gehrock. nun denn, so wollte er sein leben den meteoren widmen! er bezeichnete sich selbst als interplanetarischen homunculus. jeden morgen stand er präzise um 7 uhr auf. schwungrad und ventrikel setzten sich in seinem körper von ungefähr in bewegung, er trat an das fenster und prüfte die klimatischen und meteorologischen bedingungen, die der tag sich ihm heute vorzusetzen erlaubte... sodann saß er meist 25 minuten vor seinem herbarium und betrachtete die spitzen finger der blätter. die phäakische vorstadtlandschaft erqickte sein gemüt. wie ein trabant umkreiste er die stadt. er kalligrafierte die asteroiden, stellte axiome auf, verwarf sie, grüßte den fossilen schulmeister, beobachtete im cafehaus die menschen, die wie bienen aus- und einflogen, summten, die näpfchen aussaugten und illuminationen in seinem schädel erzeugten. als er vom tode seiner zimmerwirtin hörte, eilte er sogleich ergriffen herbei, um ein letztes mal ihre ovarien zu sehen. seine verhaltensweise kam ihm nicht im mindesten abnorm vor. hingegen hatte er stets eine abneigung gegenüber dem darm der zimmerwirtin empfunden. lange stand er da und starrte das orakelmuster der tapezierten wände an, nie mehr würde er hierher zurückkehren. in einem unbewachten augenblick holte er seinen kondom hinter dem spiegel hervor und versteckte ihn in den fingerausstülpungen seiner eleganten handschuhe. er machte sich davon. es roch bereits nach karbol. jetzt war er wieder autark. sein sehnerv hatte sich in letzter zeit gebessert.

ER INJIZIERTE SICH JETZT BISWEILEN DIE WIRKLICHKEIT MIT VOLLER ABSICHT! er hielt vorträge über isthmen, pornografische lichtbilder und arithmetik. seine phonetik lag ihm sehr am herzen. des öfteren stellten sich jetzt auch vegetative störungen ein. lascive traum- und phantasiebilder qälten ihn, machten seinen jargon melancholisch. seinem vater hatte man posthum einen orden verliehen. dieser subtile vorgang brachte ihn wieder ins gleichgewicht. dann kam der herbst, es regnete allerlei buchstaben, hauptsächlich I und U, ab und zu nur ein Y oder gar ein W. das war dann ein fund und eine freude! das kostbare stück wurde sorgsam gereinigt, getrocknet, aufgeklebt, klassifiziert und beschriftet. er besaß sogar ein ausgewachsenes exemplar H, das man vor einem halben menschenleben in mesopotamien gefunden hatte. es wog nicht weniger als 0,2 kilopond und maß 36 qadratcentimeter!! auch ein älteres fragment eines Q war vorhanden. über seinem ununterbrochenen studium waren die ohrmuscheln welk geworden. die botanischen erfahrungen, die er gemacht hatte, interessierten ihn nur noch wenig, meist stand er ihnen gleichgültig gegenüber. er ließ sich öfters im hospital aufnehmen. bisweilen wurde eine operation an ihm vorgenommen. als das gras wieder sproß, schlüpfte er aus. durch eine linse betrachtete er sein entschwirrendes leben. er beschloß, sich ein bärtchen wachsen zu lassen. alsbald zierte es seine ein wenig sinnliche oberlippe. vom fenster aus konnte er ungestört der pantomime des täglichen lebens folgen. dabei befühlte er meist gedankenverloren seinen hervorstehenden larynx. immer wieder verblüffte ihn der lose gedankenwirbel in seinem kopf, immer wieder verblüfften ihn die abbilder, die er förmlich in sich hineinsog, verblüfften ihn seine eigenen, wachen wahrnehmungsinstrumente. an sonntagen riß er sich von seinem fenster los und besuchte das panoptikum. im geheimen fürchtet er, eines tages von epilepsie befallen zu werden. ansonsten verschwendet er keine hypochondrischen gedanken an sich selbst. mitten in seinem unbewegten leben fesselte ihn plötzlich ein kleines ästhetisches experiment. er hatte ein altes uhrgehäuse in der erde vergraben, was mochte aus ihm geworden sein? oft dachte er daran, jedoch sosehr er auch darüber nachdachte, er hatte den ort vergessen, wo er das uhrgehäuse eingegraben hatte. welche kleinen tiere wohl in ihm jetzt wohnten? und ob es von rost zerfressen war? auch die unendlichkeit beschäftigte ihn häufig. gedankenverloren schnitt er mit seinem federmesser kerben in die fensterbank. einige male verfehlte er die fensterbank und zerschnitt seinen daumen. schließlich gewöhnte er sich an, mit eingebundenem daumen herumzugehen, an einem sommertag bemerkte er zum ersten male die intelligenz der natur. er nahm 2 tage lang keine nahrung zu sich. er stierte vor sich hin. sein gesicht war erschreckend weiß. auch seine hände und sein körper besaßen jene erschreckend weiße farbe. er verglich das weiß seiner haut mit dem weiß seiner augäpfel. lange glotzte er in den spiegel. er hörte einen stieglitz. er informierte sich über die anatomie seiner gelenke. er wischte sich eine haarsträhne aus der stirn. hatte er diese prozedur denn nötig? hatte er überhaupt eine bewegung nötig? er streifte seine hosenträger herunter und zog sein hemd aus, weil es so heiß war. als er den garten betrat, fiel ihm sogleich der verwundete stieglitz auf. er tat ihn in einen hut und befestigte diesen in den dichten, belaubten ästen und zweigen seines kastanienbaumes. auch blühte der baum gerade. so würde für den stieglitz anständig gesorgt sein. wie sehr wünschte er sich, eines tages wieder einen seiltänzer zu sehen. er hegte wenig hoffnung auf die erfüllung dieses verlangens. ein seiltänzer hoch in der luft auf einer unsichtbaren dünnen schnur, als spaziere er sicher auf den gasmolekülen. im winter fütterte er die raben, die durch den schnee hüpften. früher hatte er stets seine beobachtungen minuziös in seinem notizkalender festgehalten. er erinnerte sich daran mit verwunderung, auch fand er wieder sein herbarium. der efeu war vertrocknet, das papier vergilbt. er raffte sich auf. er begann von neuem die verschiedensten aschenreste zu sammeln und diese in langwierigen untersuchungen auf ihre zusammensetzung hin zu analysieren. besonders kostbar erschienen ihm die verbrannten sauerstoffelektronen. er wollte unbedingt 1 gramm verbrannter sauerstoffelektronen gewinnen. da die wände seines zimmers feucht waren, behinderte ihn alsbald allerlei käfergetier. einzig die helle sonne spendete ihm trost. aber mit dem käfergetier mußte er wohl oder übel abrechnen! er fertigte sich winzige skalpelle, pinzettchen und wundhäkchen an und präparierte die chitinpänzerchen von den mit den beinchen heftig zappelnden körperchen. im sommer stellte die hausmeisterin ihm häufig eine schüssel mit blauen beeren vor die tür. dachte er daran, wie die zeit verging, befiel ihn ein heftiges hautjucken. seine ganze aufmerksamkeit jedoch gehörte den schmetterlingen, deren sprache er alsbald zu deuten wußte. er schrieb darüber einige konzentrierte zeilen für die nachwelt. im parterre seines hauses war ein kleiderhaus für kleidungsstücke aus zweiter hand eröffnet worden, welchem die unteren socialen schichten gar rege zusprachen. wenn er von spaziergängen heimkehrte, stand er nicht selten lange vor den auslagen und ließ sich gerne von den gebrauchten kleidungsstücken fascinieren. besonders hatten es ihm die falten in den ausgetretenen schuhen angetan. seine größte schwäche aber war, daß er es nicht unterlassen konnte, von zeit zu zeit beim fundamt vorzusprechen, um einen nicht existierenden fundgegenstand zu urgieren. infolge feuchtigkeit herrschte in seinem zimmer ein intensiver modergeruch. kurzerhand entfloh er in die geruchsgünstigeren flußauen. dabei achtete er jedoch genauestens darauf, daß seine manuskripte inszwischen nicht durch einen luftzug in unordnung geraten konnten. er legte seinen alten, abgetragenen wintermantel sorgfältig über die losen papiere. er hatte eine mütze auf dem kopf. er apperzipierte mit genüßlichen äuglein. wurden nicht die blätter auf den bäumen von einem lufthauch auf das winzigste bewegt? sein cerebrospinales nervensystem reagierte ordnungsgemäß, seine gehirnteile erfüllten pflichtgetreu die ihnen zugewiesenen funktionen. selbst das licht fiel in form von zahllosen teilchen hell und durchsichtig zwischen den zitternden blatträndern vor die füße des beobachters. alsbald schritt er inmitten wiegenden gelben kornes durch die landschaft. in london hatte er einstmals mehrere stunden unter einer gaslaterne stehend verbracht, aufgesogen von bläulichem licht, nicht mehr er selbst, sondern sich als eine möglichkeit empfindend, ausgelöscht, ein physiologisches luftgebilde, ein etikettierter wahrnehmungsmechanismus, war das nicht alles er selbst gewesen: das rostrote, auf die feuchte erde gefallene laub in bloomsbury, die antiquitätengeschäfte und buchläden, die schwarze holzfassade des »old wine shades«, dowgate hill nr. 10, der schwere fischgeruch in der umgebung von fishgate hill, fleetstreet, die worte auf den zeitungen, der zoologische garten im regents park, die vitrinen mit den aufgeschnittenen steinen im geological museum, lapislazuli, opal, achat, chalzedon, korund, aqamarin, chrysolith, der blätterbaldachin im hydepark, southwark bridge, der anlegeplatz von billingsgate, das kräuterlaboratorium des physic garden, madame tussaud in der marylebone road, cheyne road nr. 24 mit dem spazierstock und dem hut von carlyle, haymarket, st. james, der grüne himmel über der kirche st. anne, soho? und jetzt, das schillernde gras, die sonnenkugel, die aale, die raupen, die kosmische strahlung, der erdmagnetismus, die atmosphäre, die würmer, die leuchtenden tiere, flagellaten, radiolarien, schnecken, mücken, plasmodesmen, angiospermen? nicht nur, daß dies existierte, sondern daß sich alles in ihm selbst befand, in seinem gehirn, beliebig aufrufbar durch ein bestimmtes reizwort, ließ ihn zu boden stürzen. augenblicklich nahm er eine percussion seiner erinnerungen vor, indem er seine gedanken willkürlich den auf ihn einströmenden worten überließ –, nur einmal erhob er sich kurz, um einen zufällig vorbeispazierenden vogelfänger zu grüßen und ihn flüchtig nach dem erfolg seiner bemühungen zu fragen. was ihn am meisten fascinierte, war in nichts aufgegangenes, nicht mehr rekonstruierbares. er vertiefte sich in seine mathematischen studien und betrachtete nur noch selten den todeskampf der fliegen, auf dem von der decke hängenden fliegenfänger. was hatte ihn jemals daran gefesselt? jenes qantum sinnlosigkeit, das er eine zeitlang überall entdeckt zu haben glaubte? auch zerriß er beim zuschnüren nicht mehr seine schuhbänder. einige flaschen lagen zerbrochen auf dem vorzimmerboden. periodisch wurde er von unbedeutenderen halluzinationen heimgesucht – dann bezeichnete er sich selbst als planet des vierdimensionalen zeit-raum-kontinuums. morgens trug er einige stunden lang eine zinnoberrote hausjacke, die er in der kleiderhalle erstanden hatte, ansonsten beeinflußte ihn das tägliche leben selten. mit zunehmendem alter gewöhnte er sich allerdings an, bei einbrechender dunkelheit aus dem fenster zu schweben und einige stunden an einem günstigen beobachtungspunkt zu verharren, die erde aus der vogelperspektive betrachtend. langsam begann er diese ausflüge systematischer zu gestalten. mit hilfe eines metermaßes ging er daran, die verschiedensten geographischen gebilde exakt zu vermessen und auf einer karte einzutragen. im herbst stieg der geruch der reifen kürbisse bis zu ihm in die luft hinauf, wenn er von einem windstoß ein kurzes stück über land abgetrieben worden war. jedoch seine eigenschaft nahm, sobald er ein gewisses alter erreicht hatte, sichtbar ab, so daß er seine nachtausflüge immer mehr einschränkte, bis er sein zimmer nur noch untertags verließ. zu neujahr, wenn die kirchturmglocken freudig über die stadt schallten, schloß er die augen und zündete sich seine zigarre mit einem geldschein an. diese kleine freude tat ihm wohl. ansonsten frönte er keiner leidenschaft. er erstand eine schreibmaschine, spannte die blütenweißen papiere zwischen die walzen und bedeckte sie mit kostbaren ausflüssen seiner nachdenklichkeit. der advokat war mittlerweile ebenfalls gestorben und in sein schwarzes register eingetragen worden, das er täglich aus seiner schublade hervorzog, um es zu ergänzen. das hinsterben der menschen war jedoch nicht weiter beunruhigend für ihn. stets würde er sich hingegen an jenen juliabend erinnern, an dem die toten singvögel scharenweise vom himmel gefallen und von der polizei auf offenen wägen und in kohlesäcken wegtransportiert worden waren. das war eine epidemie gewesen! von seinem fenster aus hatte er alles ungestört beobachten können. er wußte inzwischen genau, auf welchem längen- bzw. breitengrad er seinen wohnsitz aufgeschlagen hatte, aber er lebte zu zurückgezogen, um einen nutzen daraus zu ziehen. er pflegte erlesene pelargonien zu züchten, uhrzeiten zu notieren oder die waagrechte linie des horizontes zu bewundern. der übrigens tätowierte schulmeister war jetzt häufiger bei ihm zu gast, um mit seinen feinnervigen fingern den großen globus auf dem schreibtisch in bewegung zu setzen, eines nachts war es dem betrachter gelungen, sein eigenes, schlüpfriges herz zu fühlen, als sei es von ihm losgelöst. welch' interessantes objekt es für ihn abgab! er beschäftigte sich intensiv mit dem reizleitungssystem, der fortpflanzung der reize innerhalb des herzmuskels. an nahrung nahm er ausschließlich ascorbinsäurereiche produkte zu sich, wie kohlgemüse, spinat, pfefferschoten, citrusfrüchte, tomaten, erdbeeren, johannisbeeren und leber. welkes gemüse verabscheute er zutiefst, da in ihm der ascorbinsäuregehalt rasch abnimmt. als er feststellte, daß er älter geworden war, trug er einige wochen lang sein testament im inneren seines hutes mit sich. mit besonderer vorliebe spiegelte er sich an der oberfläche der teiche, an welchen ihn seine spaziergänge vorbeiführten. dieser physikalische vorgang war ihm durchaus angenehm, ja, er zögerte auch nicht, ihn bisweilen zu provozieren. da die reflexion die ursache dafür ist, daß man nichtselbstleuchtende körper überhaupt sehen kann, schien es ihm angemessen, reflektiert zu werden. das licht würde dabei eine richtungsänderung erfahren und die strahlen eines lichtbündels nach allen richtungen auseinandergesplittert werden. er betrachtete teilnahmslos sein abbild. erlaubte einen einfall divergenter lichtstrahlen, die geradlinig von den einzelnen punkten der wasseroberfläche herkamen, in sein auge. reelle bilder? virtuelle bilder? er lachte. er ging weiter. seine hagere gestalt verschwand für kurze zeit hinter den bäumen, der bläuliche sommerwind umspielte seine haare. (er ließ auch die großen blauen blumen in den gärten nicken.) die vögel umkreisten wie kleine, zwitschernde wölkchen die sonnenschirme der spaziergänger. sein wissen vereinsamte ihn nur noch mehr. was ihm blieb, waren seine präzisen, klaren aufzeichnungen, die die nachwelt erqicken würden. nur der schulmeister hielt ihm die unverbrüchliche treue. eines seiner dunklen augen qoll in letzter zeit infolge einer nicht rechtzeitig erkannten krankheit zernagt aus seiner augenhöhle. ansonsten war er der gleiche geblieben. der betrachter pflegte ihn zu trösten (er empfand mitleid mit ihm). er durchmaß gerade den zenit seiner imaginationskraft, seine gedankenmaschinerie ließ unentwegt dinge vor seinen augen erscheinen und wieder verschwinden. seine hohlen schritte konnte man die ganze nacht auf- und abgehen hören, alles grünte, die eiskristalle waren schon lange geschmolzen. auf der gasse spielten kinder mit folgenden gegenständen: scheren, nadeln, kämmen, messern, gabeln, teelöffeln und nagelzangen. der duft von nelken und blühendem flieder verbreitete sich unaufhörlich in seinem zimmer. auf den verschimmelten tapeten hatten allerdings die fliegen absonderungen hinterlassen, deren merkwürdige streuung den betrachter häufig zu tiefsinnigen gedanken angeregt hatte. war das, was die leute »gott« nannten, nichts anderes als ein zufallsvektor, der die anhäufungsdichte der gestirne ebenso beliebig steuerte wie die fliegenabsonderungen? selbstverständlich war ihm bewußt, daß sich sein sehnerv, wie alle übrigen teile seines zentralnervensystems, nicht regenerieren konnte. dies vermochten nur seine peripheren sensiblen oder motorischen nerven, niemals jedoch seine gehirnbahnen. die ernährung seiner augen erfolgte durch sehr feine gefäße von höchstens 0,5 mm durchmesser, während sein augeninnendruck durch ein kompliziertes

regenerationssystem konstant gehalten wurde. einmal sagte der beobachter: die funktion des auges als sinnesorgan ist nur in direktem zusammenhang mit dem gehirn möglich. sie läßt sich nicht vergleichen mit derjenigen der brust- und bauchorgane, die lichtempfindliche netzhaut ist ein weit nach vorne geschobener teil des zentralnervensystems, und der diese netzhaut mit den hirnzentren verbindende sehnerv ist kein nerv im üblichen sinn, sondern eine hirnbahn.
wie ging er bei seinen inspektionen vor?
A er zerlegte bilder in viele einzelheiten
B er nahm eine aufbereitung des tatbestandes auf die nervliche konfiguration seines gehirnes, mit hilfe dessen er in der hierauf folgenden abgeschlossenheit und zurückgezogenheit die umwelt simulierte.
geschah es trotzdem, daß er in solchen augenblicken sein zimmer verließ, um sich unter die menschen zu begeben, so sägte er vorher rasch sein schädeldach auf und ließ die leute durch die viereckige öffnung einen blick auf sein pulsierendes gehirn werfen. er streifte durch den park. die regentropfen, die durch das geöffnete schädeldach auf sein gehirn fielen, lösten in ihm ein wohliges gefühl aus, nichts stellte für ihn etwas dar, alles war es selbst. es blieb ihm nur noch, luft zu schöpfen, seinen bleistift zu spitzen und den parkettboden anzustarren. der gedanke, von einfaltspinseln umgeben zu sein, erqickte ihn zutiefst. er streifte seine hose ab und setzte sich aufs klosett, um eins auf den fortbestand der menschheit zu scheißen. er schiß kurz und abgehackt auf alles, was ihm gerade einfiel. dann putzte er sich den arsch.
aus den persönlichen aufzeichnungen des betrachters:
schatten tinte tintenfaß stahlfeder ¾ holzsessel tisch wasserblau haus eskarpe bzw. eskopte estrade estragon estroppieren + estampe + eukärie + § 2 = eeeeTAZISMUS!!PANLOGISMUS. von mir aus, evaneszenz, evaneszenz ...
etwa 10 minuten. und? feuchtigkeit wahn wind sapperlot! urstoff und URZUStan D naaA? lungengeräusche gliedmaßen deliria undsoweiter. chromatische reize usf. ufff! wasserboiler siemens spiegel kliRR, stuhl knaCKS, strick ZACK, glühbirne blaFF, aaaaaaaAAAAAH!

der raumkünstler, der tisch. der verputz. der nachttopf. das bett. der blick. der fensterrahmen. die höhe. das stiegenhaus.

die treppen. der unbekannte. das taschentuch. der verkehr. eins und zwei. die bank. der hut. der handschuh. das unterleiberl. die kombinääsch.

aber heraklit sprach vormals: wie ein hingeschütteter misthaufen ist die schönste, vollkommenste welt. dem newton platzte unvermutet die schlagader, er hatte ja über 30 jahre an syph ghabt, haha!

lorgnon. e lor lawuuuu schaschl! kllerlawlo.

gsnejjschlarschko. gschabblettl. schrkrackl. schrkrkr. krijjjj!
. . . . . ich
. . . .
. . . . . m . . . . . I . . . . nn . . . .
. . . . . .
. . . . oo . . . qpr . . . . . v. . . . x. . . . .
. . . . w . . . .
h . . . .
. . . . bin . . . .
v v . . . . im . . . . schneeeeeeeeeeeeeeeeeeeeeeeeeeeeeeee
. . . . vögel . . . .
bäume

1911
10. januar: schmerzanfälle im unterleib. morphium.

ende – JUNI – OKTOBER:	unterkunft im hotel koburg, zimmer 22
oktober – dezember:	hotel lutetia, schwarzenberggasse 43 b, diagnostiziertes zwölffingerdarmgeschwür. depressionen

1912
überarbeitung und korrekturen einiger fragmente episkleritis am linken auge
hospitalbesuch bei dem von messerstichen verletzten s. untersuchung der augen wegen einer netzhauterkrankung
grippeinfektion

1913
nach fast 4 jahren wanderung durch hotels und möblierte zimmer ein eigenes kabinett
schlaflosigkeit
erkennung der pathologischen verformung der umwelt
1914
möbel öffentliche lesungen qerelen wasserrohrbruch, tageszeitung explosion zigarette socken krawatten teppiche vorhangschloß apfel salat pyramide erlagscheine rechnungen speisekarten atü holzkohle azetylen 1 kg traueranzeige konto postgebühren
brillengestell
federhalter, flaschenöffner

ANEKDOTEN AUS DEM LEBEN DES BETRACHTERS

der betrachter runzelte mürrisch die stirn. er saß auf einem von sträflingen gefertigten stuhl und starrte auf die mit vergilbten zeitungen tapezierte wand. wohin war diese haltung projiziert? er ließ sich nichts anmerken. mit einemmal zerging das gesicht des betrachters gleichsam. seine rechte hand schnellte nach vor und zerqetschte eine ihm schon lange lästiggefallene stubenfliege.

der betrachter las in der zeitung. er legte sein gehirn wie ein löschblatt über das geschriebene und saugte es seite für seite auf. – da stand es nun, materiell, buchstabe für buchstabe eingeprägt in seinen genialen zellchen. der betrachter hatte die zeitung übrigens aus einem cafehaus entwendet und trug daher auch die hölzerne einspannvorrichtung mit sich. ein entfernt bekannter – nierensteiner – fragte ihn, was die hölzerne einspannvorrichtung bedeute. »nur ein experiment«, antwortete der betrachter bedeutungsvoll.

der betrachter führte einen hund spazieren. dieses sinnige amusement verschaffte ihm zeit zum nachdenken. mimiklos trottete er die stiegen hinunter, als sich unvermutet die wohnungstüre eines bisher kaum bekannten mithausbewohners – möller – öffnete und jener sein häßliches gesicht zeigte.

wie spät mag es wohl sein?, fragte er träumerisch. der betrachter nestelte nach seiner taschenuhr, warf einen blick aufs zifferblatt und sagte: »ich habe vergessen, meine uhr aufzuziehen.«

der betrachter saß zu hause und löste mathematikaufgaben. plötzlich läutete es an der tür. der betrachter öffnete sofort, jedoch war niemand zu erblicken.

der betrachter rauchte zuviel. er hatte gelbe finger.

der betrachter griff nach seinem schirm und trat in den regen. um 10 uhr 05 bemerkte er stieren blicks, daß der regen stärker geworden war. er kramte nach einer gitanes, fand sie, knipste das alte armeefeuerzeug an – jedoch ohne erfolg. der betrachter lehnte den schirm an einen alleebaum, deckte mit einer hand den docht ab und versuchte es aufs neue. als ihm auch ein dritter versuch mißlang, steckte er die zigarette zurück in die schachtel, warf das feuerzeug in eine pfütze, vergaß auf den schirm und schritt weiter.

der betrachter, spazierstockbewaffnet, schlenderte durch den park. da trat ein bis dato völlig unbekannter auf ihn zu und heischte: sind sie nicht der betrachter? freudig erregt hüpfte der betrachter auf eine der zahlreichen parkbänke, fuchtelte mit dem stock in der luft und fragte: woher kennen sie mich? »aus der zeitung«, antwortete der fremde.

soeben hatte er seine autobiographie vollendet. zufrieden spazierte er im botanischen garten auf und ab. er blickte freundlich zu den feuerkäfern auf, die über seinem kopf flogen. jählings aber wurde er von einem unbekannten angesprochen, dessen begehren er überdies nicht verstehen konnte. sollte er ihm antworten? oder ohne weiteres kehrtmachen und unbeteiligt davongehen. noch ehe er zu ende überlegt hatte, lief er gehetzt davon, die treppe zu seinem zimmer hinauf, und wartete, bis sich sein nervensystem beruhigt hatte. am nächsten morgen ondulierte er sein haar mit einer italienischen brennschere. sodann nahm er ein glas puren wassers, käse und eingewecktes zu sich. sätze züngelten in seinem gehirn wie reptilien. häufig faßte er vorübereilenden damen ans mieder. wie oft hatte er sich bereits einen schmerz zufügen müssen, um noch sprechen zu können. nur noch zu tappen vermochte er. er tappte den kasten an. er tappte den vorgefahrenen möbelwagen an. er tappte nach den wandkritzeleien, den stiegengeländern, den sessellehnen, den türklinken. tiefe freude ließ ihn bei seinen seltenen gesprächen zittern, er hatte nur angst, seine freude auf die dauer nicht verbergen zu können. da dÄÄt det tolle teufffl!! er achtete nicht darauf. zwischen den scheiben seines gangfensters züchtete er schierling, glandulae lupuli und folia digitalis purparae. verstärkte sich nicht das pochen in seinen adern? flog er nicht – bei regen – klein wie ein weizenkorn am himmel? ergoß sich nicht täglich das lichtgemisch der sonne über ihn? atmete er nicht das salzige eis der morgenluft? befeuchtete er nicht den klebrigen falz der briefmarken? – – – wie das fensterglas krachte, wenn er sich mit seinem haupt dagegenlehnte!! die wasserblaue luft wimmelte von gelben wespenwolken, ein wimmeln, das ihn mit haut und haar gefangennahm. die lackschuhe an seinen füßen waren vollständig schwarz. auch wurde emsig die straße gefegt. ununterbrochen summten nähmaschinen. schwarze tinte qoll aus dem asphalt. am frühen morgen geigte der betrachter häufig. bzw. spazierte über den kirchhof, um inschriften zu lesen. aeroplane kurvten tollkühn durch den äther. das porzellan in der kredenz klapperte jedesmal, wenn ein fahrzeug am hause vorüberfuhr. durch die fenster drang ein intensiver fliedergeruch, ja, selbst durch die roten ziegelwände fraß er sich hindurch wie eine tödliche säure. sein körperlicher widerstand schwand dahin. mit keimfreien gummihandschuhen reinigte er die öffnungen seines leibes. in jeder woche verbrauchte er eine dose zibazolpuder. der arzt schwieg. einzig das rascheln des efeus war zu vernehmen. in unbewachten augenblicken tappte der beobachter nach dem okular und objektiv seines mikroskops. die sonne dröhnte. sein haar war elektrisch geladen. er fühlte den druck der gestirne. er verließ sein bett. unter dem arm trug er eine hutschachtel, gefüllt mit tuschebehältern, pinseln, papier. mit blitzschneller hand skizzierte er die vorbeieilenden gestalten.

warum fröstelte der beobachter im schatten? warum erwehrte er sich nicht der ameisen, die von ihm besitz ergriffen? warum fiel seine brille von seinem schädel?

er lauschte verdattert den menschenzungen. weiße töne, weiße stille, auch die luft hatte sich weiß verfärbt. die menschen schritten mit gamaschen an den füßen hervor. das innenfutter ihrer mäntel war weiß gefärbt. der beobachter beobachtete ein weißes insekt, das auf seiner hand spazierte, die haut, die seine hand überzog, war weiß.

die töpfe auf dem gelben fußboden hingegen waren violett. der stuhl, auf dem er saß, war blau, der tisch, auf dem seine weißen hände ruhten, war schwarz. die knöpfe an seiner jacke glänzten messingfarben. seine lippen waren rot. lila gefärbte blätter schwebten durch das fenster. braune augen. so weiß war die milch. tropfte das wasser nicht rosa vom plafond? die gläser zersprangen mit einem hellen ton und bedeckten in form von blauen splittern den boden. stumm kreiste ein grüner vogel unter der decke. eine orange fiel zu boden. ein brauner bleistift zerbrach. er war eingewebt in die gewaltige dispersion des lichtes. er empfand mit einemmale das flimmern seiner millionen sehzäpfchen als kitzel in seinem gehirn. er tastete die farbigen gegenstände an wie wunderwerke. das licht durchraste mit einer wellenlänge von 670 millimü seine lippen. erschrocken zog er seine finger zurück. unter seinen füßen das gelb, auf den töpfen das violett, auf seinem stuhl das blau, auf dem vogel das grün, auf dem tisch das schwarz, auf seinen knöpfen das messing, auf seinen händen das weiß, in seinen augen das braun, auf den blättern das lila... er zwang sich, die chemischen umsetzungen, die das licht in seinen rezeptoren erzeugte, als temperaturschwankungen zu empfinden. der observateur war ein meßinstrument!
er bemerkte das gewand, das er am körper trug, die zweckbedingtheit seiner schuhe, seines hemdes, seines mantels... was wollte er? wußte er überhaupt, wer er war? er lachte. die menschen trugen keine hüte, kein laut war zu vernehmen. niemand betrat den raum. keine uhr tickte. im raum befanden sich keine bücher. an den wänden hingen keine bilder. nirgends tummelte sich ein hund. nichts fiel mehr zu

boden. er war nicht müde. es gab nichts, was ihn in seiner ruhe störte. er empfand keinen schmerz. er fühlte keine trauer. kein gefühl lebte mehr in ihm. er trank einen schluck flüssige luft.

sektionsprotokoll

Pathologisches Institut der Universität ████
Auenbruggerplatz 25

Leichenöffnung Nr. 603 /19 6

Name: ████

Vorname: ████

Alter: ████ **Beruf:** ████

Gest. 29.4. **Leichenöffnung:** 2.5.196

Obduzent: Ass.Dr.F.Königshofer

Klinisches Gutachten: Epistaxis.

Behandelnder Arzt: **Klinik:**

3 1/2 Wochen vor dem Tode:
Epistaxis, nachdem eine Woche zuvor mehrmals geringes Nasenbluten aufgetreten war. Ery 2,17 Mill., Blutungszeit 2 Minuten 40 Seeunden, Gerinnungszeit 8 Minuten. Thrombocyten 171000. Blutbild 1 Woche vor dem Tode: Ery 3,21 Mill., Blutungszeit 3 Minuten, Gerinnungszeit 3 Minuten 15 Sekunden. Thrombocyten 293000. 2 Tage vor dem Tode war die Blutungszeit ebenfalls 3 Minuten. Plötzlich starke Blutung aus den Nasenlöchern und Exitus letalis innerhalb weniger Minuten.

Mittelgroße, männliche Leiche in mittelmäßigem EZ., mit mittelkräftigem Knochenbau und entsprechender Muskulatur. Die Umgebung der Nase, sowie des Mundes mit Blut verschmiert. Äußere Decke weiß, hochgradig anämisch, Zeichen des Todes vorhanden.

In allen serösen Höhlen kein fremder Inhalt.

Lungenoberflächen glatt und glänzend, blaßgrau, hellrot gefleckt. Lungengewebe flüssigkeitsreich, ebenfalss hellrot gefleckt. Keine Verdichtungsherde. In den Bronchiallichtungen reichlich dunkelrote Blutmassen. Bronchialschleimhaut weiß. Lungenschlagader und große Äste frei.

Herz in Größe der Leichenfaust, Spitze vom li. Ventrikel gebildet. Keine Ausweitung der Kammern, auch Kammerwandstärke bds. im Bereich der Norm. Klappenapparat zart, mit scharfen Schließungsrändern. Auch Kranzschlagadern mit zarter Intima. Herzfleisch blaßrot, Blutarm.

Auch in der Luft- und Speiseröhre dunkelrote Blutmassen. Schleimhäute anämisch. Tonsillen je bohnengroß, unauffällig. Körperschlagader und große Äste mit zarter Intima. Gefäßabnormitäten nirgends nachzuweisen. Schilddrüsenseitenlappen je pflaumengroß, blaßbräunlich, ohne Knoten.

Leber normal groß, Kapsel glatt, Parenchym hochgradig anämisch, eigenfarben. Gallenblase und ablt. Gallenwege sowie Pankreas ohne groben path. Befund.

Größe: cm, Gew.: kg, Gehirn: , Herz: , Lungen: , Leber: , Milz: , Nieren: b.w.

Milz normal groß, Pulpa hellrot, etwas aufgelockert.

Nebennierenrinde bds. gleichmäßig normal breit. Mark hellgrau.

Nieren je 10:5:3 cm, Kapsel bds. ohne Substanzverlust abziehbar. Oberflächen glatt. Parenchym eigenfarben, anämisch. Nierenbecken und ablt. Harnwege sowie auch die Harnblase mit weißen Schleimhäuten. Prostata gut kirschgroß, weich.

Im Magen, ferner im gesamten Dünndarm reichlich dunkelrote bis schwarz-rote Blutmassen. Im Enddarm etwas Teerstuhl. Schleimhäute des Magen-Darmtraktes anämisch. Im Magen keine Geschwüre, keine Geschwürsnarben. Die Keilbeinhöhle sowie die Siebbeinzellen von dunkelroten, z. T. koagulierten Massen erfüllt. Die Nasenhöhle, soweit eine Inspektion möglich war, von weißer Schleimhaut ausgekleidet. Eine Blutungquelle konnte nirgends gefunden werden.

Hirnhäute zart, große venöse Hirnblutleiter frei.Hirnwindungen geringfügig abgeplattet, Schnittfläche des Gehirns weiß, anämisch, geringgradig feucht glänzend. Zeichnung der Stammganglien undeutlich. Hirngrundarterien zart, Lichtungen frei.

Histologischer Befund: In der Leber regelmäßiger Läppchenaufbau. Kein Anhaltspunkt für Blutkrankheit, keine Umbauerscheinungen, keine Nekrosen. Keine Verfettung der Leberzellen. In einem Schnitt vom re. Lungenunterlappen in vielen größeren und kleinern Bronchien sowie herdförmig auch in den Alveolen frisches Blut. Keine Entzündung. Blutaspiration. In einer Probe von der Nasenschleimhaut regelrechter Aufbau. Der größte Teil von Epidermis überzogen (Nasenvorhof), allmählicher Übergang in hochprismatisches geschichtetes Epithel. In der Lamina propria reichlich gemischte Drüsen, einzelne Herde von Lymphocyten und Plasmazellen. Im Epithel wenige Granulozyten. Gefäßwucherungen bzw. Abnormitäten in dieser Probe nicht zu sehen.

Diagnose: Hochgradige allgemeine Anämie (nach Epistaxis unklarer Genese).
Reichlich Blutaspiration.
Reichlich frisches und älteres Blut im Magen-Darmtrakt. (nach rezidivierender Blutung vom Nasenraum).
Geringgradige posthämorrhagische Milzauflockerung.
Lungenödem.
Geringgradiges Hirnödem.

Grundleiden: Epistaxis unklarer Genese.

Todesursache: Blutung.

geschrieben 1967–1970

KÜNSTEL

Ein Fragment

INHALTSVERZEICHNIS

Vorwort

Die Welt quoll durch seine Pupillen und prallte gegen das Gehirn. Wie durch eine zum Platzen gefüllte Ader pulsierte Außenwelt durch seinen Corpus.

Künstel erwacht

Die Taschenuhr hatte aufgehört zu ticken. Das Ziffernblatt war von seidiggelber Farbe. Wie spät mochte es sein? Er las die Zeitungsausschnitte, die auf dem Tisch verstreut lagen. *Sein Atem strömte mit der Wärme seiner Eingeweide aus seinem Inneren!* Die Garderobe, an der sein Mantel hing, war grün tapeziert.

Was Künstel auffällt

Als er das Geschäftsschild betrachtete, stellte er fest, daß ein Buchstabe ausgebrochen war. Durch die Auslagenscheibe glotzte der Fleischer mit blutiger Schürze. Künstel bewunderte die roten Kiemenbläschen, die rhythmisch aus seinen Ohren stießen. Ein schwarzgekleideter Herr mit einer Blume im Knopfloch sprang von der vorbeifahrenden Straßenbahn. Wenn Künstel die Hand hob, konnte er den Samt des Himmels mit den Fingerspitzen fühlen.

Lotschak ist ein Freund Künstels

Lotschaks Gehirn war monströs geschwollen. Künstel schloß die Augen. Lotschaks Gehirn wuchs und wuchs. Da patzte es auch schon auf den Boden. Künstel setzte einen Fuß darauf. Lotschak bemerkte nichts. Künstel seufzte. So verging die Zeit.

Küstel verspürt Langeweile

Langsam öffnete er die Tür zum Badezimmer. Er versprühte eine Wolke Deodorant Spray unter seine von Natur aus haarlosen Achselhöhlen. Auf dem weißlackierten Sessel lag die grüne Blechdose mit Glycerincreme. Die Leere der Seifenschale regte ihn an, das Porzellan mit den Fingerspitzen zu berühren. Seit kurzem litt er an Zahnfleischschwund und – vorzugsweise im Sommer – an Zehenpilz. Seine Unterhose wies einen Harnfleck auf. Wer war denn schon ganz gesund? Uranitsch z. B. hatte ein eitriges Hodenekzem. Jemand läutete an der Tür. Der Bote stellte eine Tüte Pfirsiche und 1 Fl. Milch auf den Boden. Er ließ ihn eine Unterschrift in ein verschmiertes Notizbuch leisten.

Eine Wahrnehmung und der Versuch, einen Mechanismus zu erklären

Die Buchstaben auf den Plakaten stürzten sich wie riesige Vögel auf ihn. Klick-Klick fotografierten die Augen Bilder und sandten sie zum Gehirn.

Porträt Künstels

Der dunkle Flaum, der z. B. seine Oberlippe zierte, war durch ständigen Nikotingenuß gelb gefärbt. Giftige Blumen sprossen aus seinem Mund. Wenn die elektrische Spannung abrupt in seinem Gehirn schwankte oder die Sauerstoffzufuhr abnormal hoch oder tief war oder sich die Zusammensetzung der im Blut transportierten Stoffe radikal änderte, empfand er seinen Zustand als religiöse Erfahrung. Wie Fische an einem Köder nibbelten Leute mit Fragen an ihm herum. Da blendete ihn der Lichtbogen seines Bewußtseins. Er setzte die Brille auf. Nachdenklich betrachtete er das Muster auf dem Löschblatt.

Künstel nimmt ein Huhn aus

Sollte er sich ein Klavier in das kahle Zimmer stellen? Schließlich war er des Klavierspielens ja nicht kundig und so bestand keine Gefahr ... Er blieb vor der Schaukastenzeitung stehen und studierte die Überschriften. Zu Hause erwartete ihn die Zimmervermieterin mit der Bitte, ihr frischgekauftes Huhn auszunehmen. Nachdenklich entledigte sich Künstel seines Rockes. Er schnitt den Hals unmittelbar über dem Rumpf ab. Die Zimmervermieterin bewunderte die Kunstfertigkeit seiner Finger. Auf ihr Drängen unterbrach er die Arbeit und rauchte eine Zigarette. Wollen Sie Kaffee? Da er Slibowitz vorzog, lehnte er ab. Aber einen Slibowitz? Nach dem dritten Slibowitz setzte er die Arbeit fort. Kleine schwarze Blutflecken blieben auf den Händen zurück. Man konnte jetzt die Adernröhrchen sehen, die aus dem Herzen herausführten. Zum Abschluß bat ihn die Zimmervermieterin, auch die gelben Hühnerfüße abzuschneiden. Es ging natürlich ganz leicht. Er wurde in das Badezimmer geführt, wo er sich die Hände waschen konnte. Das Stück Seife, das ihm angeboten wurde, war noch feucht.

Ein Besuch

Als es wieder einmal an der Wohnungstür läutete, stand eine Frau im Stiegenhaus, die ihm die Zeitschrift »Der Wachtturm« verkaufen wollte. Anstatt sie abzuweisen, hegte er die Absicht, sie zum Eintritt zu bewegen, um sie durch eine Handlung zu ängstigen, etwa indem er die Tür hinter ihr abschloß, nahe an sie herantrat und sie bewegungslos anstarrte. Im selben Moment jedoch verwarf er den Gedanken und erstand einige Zeitungen.

Künstels Gewohnheiten unterscheiden sich nicht von jenen anderer Bürger

Das Hemd scheuerte an seinem geröteten Hals. Er hielt die Hände in den Manteltaschen vergraben. Wie jeder Zivilisationsmensch litt er an Berührungsscheu. Er wußte jedoch nicht, ob die Gefahr, von Bazillen infiziert zu werden, oder die Furcht vor daktyloskopischen Untersuchungen die Ursache dafür war. Je mehr sich der 6-er dem Friedhof näherte, desto stärker füllte sich die Straßenbahn mit Menschen. Auch roch es stark nach Kampfer, da die Fahrgäste zum ersten Mal im Jahr die Wintermäntel angezogen hatten. Am Nachmittag holte ihn Lotschak ab und sie gingen in den Schuberthof. Der Wirt sagte, daß das Preferanzen verboten sei. Später wurde noch mehr getrunken und Lotschak hatte kein Geld, die Zeche zu bezahlen. Trotzdem bestellte er sich noch ein Gulasch. Der Wirt sagte: Ich schreibe Ihnen aber nichts mehr auf, Herr Lotschak! Der Herr Künstel zahlt alles, sagte Lotschak.

Die Natur erprobt ihre Phantasie an Künstel

Freundlich lächelnd schob der blinde Trafikant die Packung »Simon Arzt« über das Verkaufspult. Führen Sie auch Papierblumen? Um dem Notar Platz zu machen, trat Künstel einen Schritt zurück. Der Notar machte einen tiefen Atemzug. Noch immer fiel roter Regen. Künstel hielt eine Hand an die Luft. Augenblicklich war sie von roten Regentropfen benetzt. Wie Blutstropfen, sagte der Notar. Verblüfft starrte die Zimmervermieterin sein Gesicht an, als er die Haustür öffnete. Haben Sie sich verletzt? Nein, es regnet, antwortete Künstel.

Eine Verfolgung

Warum hatte er zu Zeitproblemen keine Beziehung? Er folgte aufmerksam der Frau mit dem Fuchspelz. Der Fuchskopf wippte bei jedem Schritt auf dem Mantelkragen. Der Kellner hängte den kupfergrünen Mantel mit dem Fuchskopf zu den schwarzen Schirmen auf den Kleiderhaken. Deutlich konnte Künstel die von den geöffneten Lippen aufsteigenden Sätze in der Luft lesen. Bevor er das Caféhaus verließ, erzeugte er seinerseits einige kleine violette Denkbläschen. Unbemerkt stiegen sie bis zur Decke und zerplatzten dort infolge des Anpralls.

Kurzer Abriß aus dem Alltag Künstels

Da öffnete sich durch einen Windstoß das Fenster. Zu seiner Überraschung stellte Künstel fest, daß nicht das Fenster sich geöffnet hatte, sondern der Kleiderkasten. Er hob die Krawatten vom Boden auf. Obwohl noch immer kaltes Wetter herrschte, spazierte er in Hemdsärmeln zum Lendplatz. Die Toilettenfrau grüßte freundlich. Langsam fraß sich der Schimmelpilz die Wand des Pissoirs entlang. Die Luft, die Künstel einatmete, war braun. Er setzte sich an den Schreibtisch. Zuvor reinigte er die Brillengläser. Unten ging Lotschak vorbei. Merkwürdigerweise wurde eine Hühnerfeder in die Höhe seines Fensters getrieben. Künstel wollte sie fangen, es ging aber nicht. Also schloß er das Fenster wieder. Das geschah alles an einem einzigen Tag.

Künstel kämpft gegen Momente der Schwerelosigkeit an

Können Sie mir folgen? fragte der Professor Cerwenka und wischte seine Hände mit dem Taschentuch trocken. Künstel schloß die Augen. Schon wieder schwebte er am Plafond, vier Meter über den Köpfen. Niemand beachtete ihn. Er mußte sich am Schreibpult festhalten, um nicht abzustürzen. Der Professor Cerwenka hatte mittlerweile die Tafel mit weißer Kreide vollgeschrieben. Alle Köpfe waren in Zellophanhüllen verpackt. Das stundenlange Betrachten der Fingernägel entschädigte Künstel für erlittenes Unrecht. Bei aufmerksamer Beobachtung wackelte die angestarrte Leuchtkugel am Plafond. Hatte er sie am Ende gestreift?

Auch Königshofer ist ein Freund Künstels

Natürlich war der Fisch, den ihm Königshofer zum Geschenk gemacht hatte, bereits in Verwesung übergegangen. Königshofer läutete mit der Fahrradglocke vor dem Haus. Die Zimmerwirtin rümpfte die Nase. Künstel öffnete das Fenster und drehte den von Königshofer erwarteten Künstel auf, wie einen Wasserhahn. Schon sprudelten die erwarteten Reaktionen hervor.

Eine Erinnerung

Plötzlich kam sein Freund ins Schwimmbecken. Dort war Efeu. Auf dem Mast am Rande des Schwimmbeckens war eine Fahne. Ein Gewitter kam. Ein Hund kam vorbei. Er kam rasch in die Kabine.

Lotschak betrinkt sich

Auf Lotschaks Lippen hatte sich ein dichter, weißer Schaumbelag gebildet. Künstel deckte Lotschak mit dem blauen Bettüberzug zu. Lotschak merkte nichts. Künstel steckte die 2-Literflasche in die Aktentasche. Er durchsuchte die Kleidungsstücke des Schlafenden. Endlich fand er den Geldschein. Die Luft war so undurchsichtig, daß Künstel sich zum Atmen zwingen mußte. Mehrere Sternschnuppen verglühten in der Atmosphäre. Über die Straße war eine riesige Plane aus Silberpapier gespannt.

Vorübergehende Unsichtbarkeit

Auf einmal war Künstel unsichtbar. Seine unsichtbare Hand drückte die Türschnalle. Die Zigarette, die er rauchte, schwebte in der Luft. Beim Frisör traf er den gutbekannten Frisörgehilfen. Da fiel ihm ein, daß ihn ja sein Zahn schmerzte. Sofort verließ er den Frisörladen. Eine Wolke hellgelben Blütenstaubs wehte die Straße hinunter. Künstel nahm eine Packung Papiertaschentücher mit Mentholgeruch aus der Hosentasche und reinigte seine empfindliche Nase.

Eine der 12 Sonnenfinsternisse des Jahrhunderts

Dann gab es zur Abwechslung eine Sonnenfinsternis. Die Zimmerwirtin klopfte an die Tür und brachte ihm ein verrußtes Glas. Künstel beobachtete durch das verrußte Glas, wie die Sonne von der Dunkelheit verschlungen wurde. Aber dann wurde es doch noch ein schöner Tag! Er wusch seine

Haare, andererseits aber konnte er zum ersten Mal ein kleines Geschwür zwischen Zahnfleisch und Mundschleimhaut verspüren.

21.7.

Lotschak hatte immer den Fotoapparat mit. Erika war mit dem Rad gegen die Mauer gefahren. Künstel durfte jedoch wegen seines Hustens nicht schwimmen. Auch gab es nirgends ein Bier zu kaufen. Das Geschäft war wegen Urlaubs geschlossen. Ein bärtiger Mann setzte sich zu ihnen und erzählte lustige Geschichten. Wenn alle laut lachten, machte er ein ernstes Gesicht und strich bedächtig seinen langen Bart. Schließlich wurden alle hungrig. Die großen blaugrünen Smaragdeidechsen spielten in den Felsen. Weiße, rot und schwarz getupfte Apollofalter und prächtige Pfauenaugen umgaukelten sie.

Philosophische Gespräche

Mit einem Schlag fielen die Äpfel von den Apfelbäumen. Lotschak lachte. Die Luft war zum Erbrechen mit Veilchenduft angereichert. Jedes Wort ließ einen Honiggeschmack im Mund zurück. Künstel betastete seine Schläfen. Ein scharfer Schmerz pflanzte sich in das Innere seines Kopfes fort. Konnte Lotschak durch Mauern gehen? Er hob die gelbe Sifonflasche vom Gartentisch und spritzte gelbes Soda in ein Wasserglas. Unter einem flatternden Leinendach las er ein Buch. Gerade schritt der Sohn des Schmuckhändlers über die knirschenden Kieselsteine auf ihn zu. War nicht alles so, wie es war, weil er wollte, daß es so sei?

Ein Tag vergeht

Die purpurne Wolke landete auf der Fensterbank. Die Gegenwart überschwemmte Künstel ununterbrochen. Da öffnete sich die Tür und Lotschak beugte seinen fleischlosen Perlmuttschädel in das Zimmer. Künstel konnte beobachten, daß seine Nervenimpulse wie Leuchtspurgeschosse durch den Körper blitzten.

Ausführlicher Traktat über Künstels Gehirn

Künstels Gehirn war eine *perfekte* Zeitmaschine. Stets ließ er sich beim Herumstreunen kreuz und quer durch seine Erinnerungen und Vorstellungen katapultieren.

Die Sonne ist die Mutter allen Lebens

Noch immer lauerte Lotschak auf eine Antwort. Er hielt das Gehirn zwischen den Händen, wie einen Geigerzähler. Vor Wut schnitt Künstel Lotschaks Wellenlänge mit seiner Frequenz. Die Zimmervermieterin stellte einen schönen Strauß Blumen auf den Tisch. Das Gespräch verstummte. Sonnenstrahlen rasten durch das Fenster in das Zimmer und prallten von Künstels Gesicht zurück, wie Gummischnüre.

Künstel erschrickt

Die Mohnblumen in der Vase waren rot. Da kam die Katze der Zimmerwirtin. Die Milch lief über. Als Künstel das Zimmer verließ, konnte er sogar im Stiegenhaus den Geruch verbrannter Milch wahrnehmen. Kurz entschlossen folgte er der Katze der Zimmerwirtin. Ein Herr mit himbeerfarbenem Seidentuch gab ihm Feuer. Beim Lächeln entblößte er eine Reihe makellos gelber Zähne. Usw. Bestürzt blickte Künstel auf seine Uhr: Infolge einer Sonneneruption war der Tag fast 2 Millisec. länger!

Der Voyeur

Künstels Blick durchdrang die Wände. Die Zimmerwirtin trug gerade ein Glas mit eingelegten Eiern durch die Küche. Kein Geräusch war zu vernehmen. Die Katze schwebte lautlos über die Treppe. Da konnte er auch die Blumen vor den Fenstern wachsen sehen. Die Küchenuhr der Zimmerwirtin war aus weißem Porzellan mit blauen aufgemalten Windmühlen. Die Zeiger rasten im Kreis. Die Zimmerwirtin lächelte. Noch immer rasten die Zeiger im Kreis. Künstel schloß die Augen.

Die verschiedenen Körperschichten eines Briefträgers – was sich sonst noch ereignet

Künstel? fragte der Briefträger und hielt in der ausgestreckten Hand ein Telegramm. Über die blutroten Muskeln seines Armes spannte sich die weiße Haut. Diese wiederum wurde von dem blauen Uniformhemd und der blauen Uniform bedeckt. Seine Sehschlitze waren vom frühen Morgen verschwollen. Künstel zerriß das Telegramm und sah dem Flug der Papierschnitzel zu, wie sie vom Fenster aus über das Dach des nächsten Hauses getrieben wurden. Es ist schön, wenn Buchstaben durch die Luft fliegen, dachte er.

Ein Naturphänomen trübt die Freundschaft

Die von den Häuserwänden reflektierte Wärme betäubte ihn wie Alkohol. Die Erde tat sich überraschend auf. Sie bot das Schauspiel hell leuchtender magnetischer Ströme. Es war drei. Lotschak kam. Er begrüßte ihn mit schwitzenden Händen. Künstel zeigte Lotschak den Erdspalt, durch den man die hell leuchtenden magnetischen Ströme sehen konnte. Der Spalt hatte sich jedoch inzwischen geschlossen und Lotschak schenkte ihm trotz ehrlichster Beteuerungen keinen Glauben.

Künstel träumt

Ihr nelkenbraunes Auge zuckte zurück. Die Brille hing an einem goldenen Kettchen. Künstels Augen verloren sich in der Seidentapete. Ein schwarzer Pudel lief über den orientalischen Teppich. Das anliegende Badezimmer war mit violetten Kacheln geschmückt. Bei jeder winzigen Bewegung entströmten kleine Parfumwölkchen ihrem weißen Körper. Ein silberner Kamm lag zwischen den bunten Flacons. An den Füßchen wippten bestickte Pantöffelchen. Da flatterte ein Vogel aus Elfenbein ins Zimmer. Das war Künstels Traum.

Unvermutetes Ereignis

Gerade als Künstel sich vom Stuhl erhob, stieß er mit seinem Ich zusammen. Entsetzt floh sein Ich aus dem Zimmer, doch kehrte es bald zurück, um Künstels blau angelaufenes Auge zu bewundern. Später verleibte Künstel sein Ich wieder seinem leblosen Körper ein. Nur eine zusammengefallene Hauthülle war noch zu sehen. Die Katze der Zimmerwirtin fraß diese Haut später.

Der Morgen beginnt mit einer statistischen Feststellung

Zum 10220sten Mal erblickten Künstels Augen einen neuen Tag.

Aus der Beschreibung eines Sturmes

Lotschak öffnete die Tür. Künstel wurde in die Ecke geschleudert. Der Sturm trieb Zylinderhüte, blaue Kaffeemühlen, Strümpfe, Handschuhe, Wickelgamaschen und Zeitungen in das Zimmer. Sorgsam reinigte Künstel die Kleidung von weißen Mauerflecken. Lotschak nahm die Zähne aus dem Mund und legte sie in das bereitgestellte Zahnputzglas. Gleich darauf ersuchte der pensionierte Oberst um Rückerstattung seiner Wickelgamaschen. Bedienen Sie sich, sagte Künstel und wies auf die mittlerweile säuberlich aufgeschichteten Fundgegenstände.

Die Realität macht sich bemerkbar

Wollen Sie die Orangen mitnehmen? In der Ecke des Zimmers befand sich ein Spiegelschrank. Die tote Großmutter lag auf dem Eisenbett. Das Leintuch roch nach Blumen und Puder. Die Pflegerin trug die eiserne Parfumspritze aus dem Zimmer und zupfte ihr schönes weißes Häubchen zurecht.

Ein charakteristisches Porträt

Geschickt hatte die Schöpfung Künstels Knochen unter dem Fleisch versteckt. Infolge des frühen Morgens atmete Künstel kleine Tintenwolken in den durchsichtig hellen Tag. Hinter den geschlossenen Vorhängen stachen sich die jungen Mädchen vor Sehnsucht Hutnadeln in die weißen Brüste. Künstel ging weiter. Er schenkte den flatternden Gardinen keinen Blick. Die Sonnenscheibe war soeben in Tausende Stücke zersprungen.

Künstel blickt aus dem Fenster

Nun bewegte sich die Prozession unter dem Fenster vorbei. Die Musikkapelle spielte laut. Künstel warf einige Münzen auf die Straße. Freundlich winkend dankten ihm die Prozessionsteilnehmer. Dann verschwand die riesige Fahne um die Ecke. Der Priester betrachtete das herrliche Meßgewand in der Auslagenscheibe eines Lebensmittelgeschäftes. Lag da nicht ein zerfleddertes Gebetbuch auf der Straße?

Er fühlt sich krank

In schwindelerregender Höhe schwebte das Gesicht des Doktors über seinem Körper. Die Assistentin kehrte den blutigen Zellstoff vom Boden auf. Künstels Pupillen klafften infolge der Einwirkung der Augentropfen. Der Doktor lachte mit dem auffälligen Goldzahn.

Niemand bemerkt etwas

Seit geraumer Zeit färbte der Himmel auf Künstels Gewand ab. Künstel entfernte vorsichtig das feine blaue Pulver und schüttete es in das Weinglas. Der Kellner lächelte höhnisch: Eine Fliege? – da rötete sich Künstels Antlitz.

Zur Ablenkung geht Künstel ins Kino

Dann sah er einen Film, in dem ein Ehepaar ein gefährliches Meeresungeheuer in einem als Strohkorb getarnten Spezialbehälter auf einem Schubkarren spazieren führte.

Eine Heiligenerscheinung (1) (Fragment)

Die Glocken läuteten über dem Häusermeer. Ein von zwei schwarzen Pferden gezogenes Gespann bog zum Friedhof ab. Aus dem unteren Stockwerk tönte Geigenspiel. Künstel verließ das Haus. Er hielt einen Regenschirm in der Hand. Der Ewige, in Gestalt eines bunt gekleideten Jünglings, lächelte ihm auf der Straße freundlich zu.

Eine Heiligenerscheinung (2) (Fragment)

Auf dem schmutzigen Fell des Hündchens klingelten die Glöckchen. Künstel entlockte dem Fell des Hündchens lustige Funken, indem er mit seiner Hand darüberstreichelte. Das Hündchen blickte in Künstels porzellanstarres Gesicht. Es verschwand hinter der Haustür und kehrte mit Leuchtbuchstaben im Maul zurück. Künstel befestigte das Hündchen an einem Papierdrachen und ließ es in die Lüfte steigen. Da schimmerten die Leuchtbuchstaben vom Himmel herab. Die Bewohner der Stadt stürzten augenblicklich zu Boden, um in Gebeten ihre Bewunderung kundzutun.

Erscheinung eines Engels (Fragment)

Das Fenster rahmte den davor stehenden Künstel ein, wie ein Brustbild. Auf der Straße ging die stadtbekannte Mißgeburt mit den schweren gefiederten Flügeln vorbei. Hinter ihrem Rücken hielten sich die Bewohner die Hände vor den Mund

und lachten taktvoll. Die Mißgeburt flatterte bei jedem Schritt ein wenig in die Höhe. Künstel griff nach seinem Notizbuch. Lotschak zuckte gleichgültig die Achseln. Die Zimmervermieterin kam erschrocken in das Zimmer geflohen, um sich Zuspruch zu holen usf.

Lotschak führt sein neuestes Kunststück vor – Künstel ist verblüfft

Lotschaks Schädel war mit brünetten Haaren tapeziert. Soeben las er von einer maschinengeschriebenen Seite die Namen seiner Geliebten vor. Künstel staunte ehrfürchtig. War Lotschak ein Genie? Schließlich verschwand Lotschak hinter der spanischen Wand und ließ nur wenige im Zimmer schwebende Aschenflocken zurück.

Eine Aufmerksamkeit

Lotschak brachte der Zimmerwirtin ein Päckchen Mineralsalz. Aus Freude darüber überredete sie Lotschak und Künstel zu einer Eierspeise. Nachher zeigte sie die Geige, auf der ihr verstorbener Mann so gerne gespielt hatte. Lotschka probierte eine altbekannte Volksweise. Es erwies sich jedoch, daß die Geige verstimmt war. Die Katze sprang mit einem jähen Satz vom Sofa. Trotz größter Bemühungen vermochte Lotschak die Geige nicht zu stimmen. Die Zimmervermieterin servierte Apfelstrudel. In einem unbeobachteten Augenblick entwendete Künstel ein Päckchen Schnapskarten. Der kleine Kanarienvogel im Käfig zwitscherte fröhlich.

Undsoweiter

Und Künstel wärmte den Stuhl, auf dem er saß und Lotschak versetzte die Parketten in Schwingung, auf die er trat und Künstel versetzte die Luft in Schwingung als er sprach und Lotschak wärmte die Luft als er atmete.

Künstel ist ein Naturbeobachter

Und die blaue Sonne spendete ihr mildes Licht. Künstels Gesicht war infolge der Sonnenbestrahlung schon ganz blau geworden. Wie schön Sie heute sind! rief die Zimmerwirtin. Der Spazierstock klapperte auf dem Asfalt. Künstel schritt auf dem weichen Luftpolster dahin. (Im Geäst der Bäume lispelten blaue Blätter.) Königshofer bemerkte nichts von den Naturerscheinungen. Künstel stattete seine Gedanken mit freundlichen Worten aus und verpuffte sie in die Luft. Der blaue Rachen des Himmels wölbte sich über ihnen.

Eine Eisenbahnfahrt

I. Königshofer schlief. Der Schaffner verlangte die Fahrkarten. Künstel genoß, wie die Landschaft vor dem Fenster durch seinen Kopf fuhr. Die Tür zum Abteil wurde geöffnet und der modern aussehende Kaplan bat, Platz nehmen zu dürfen. Der Zug hielt und fuhr an. Königshofers Kopf baumelte auf der Brust. Künstel genoß, wie die Landschaft vor dem Fenster durch seinen Kopf fuhr. Der modern aussehende Kaplan bat Künstel, auf sein Gepäck aufzupassen. Er verließ das Abteil. Der weiße Kragen verlieh ihm ein überdurchschnittlich seriöses Aussehen. Königshofer schlief. Der modern aussehende Kaplan dankte Künstel, daß er auf sein Gepäck aufgepaßt hatte. Königshofer lachte im Traum. Dann erwachte Königshofer. Der Zug fuhr immer langsamer.

Künstel stellt sich eine Frage

II. Welche Bedeutung hat das alles für mich? fragte sich Künstel. Diese Bilder hier und diese Sätze?

Was weiter geschieht

III. Im Park spazierten Krähen. Zu Mittag aß Künstel gebratene Ente. Königshofer bestellte Leber. Künstel aß Kastanienreis. Königshofer bestellte Torte. Sein Blick apportierte fleißig visuelle Eindrücke. Ein Gebräu aus Metafisik und Scheiße ist Wien, sagte Königshofer. Das Caféhaus war jeden Samstag von 11 Uhr bis 12 Uhr geschlossen. Im Urinoir klebten Schamhaare. Die Selbstironie ist hier eine beliebte Form der Eitelkeit. Was aber sah Künstels luzider Blick? Menschliche Haut dampfte. Bitte 10 dkg Blutwurst. Die Zeit ist ein warmer Eisblock.

Künstel ist voll von Bewunderung

IV. Das ist die Karlskirche. Das ist das Naturhistorische Museum. Das ist die Kapuzinergruft. Das ist das Parlament. Das ist das Dorotheum. Das ist das Akademietheater. Das ist der Ring. Hier bejubelten viele Wiener den Staatsvertrag.

Ergänzung

V. Und so ein süßlicher Geruch.

Unerwartetes Ende

Freundlich öffnete die Zimmervermieterin die Tür. Künstel war überrascht, daß der Messerstich von der Rippe abprallte. Das Blut tropfte auf den Fußboden. Die Zimmerwirtin röchelte leise. Künstel wickelte ihr Gesicht in eine Decke ein. Er stand ratlos im Vorraum. Auf die Küchenuhr waren blaue Windmühlen gemalt.

DER AUSBRUCH DES ERSTEN WELTKRIEGS

Ein Spionageroman

1. Eine blaue Brille trug der Herr Parthagener über seinen schwachen und sonnenscheuen Augen. Er wohnt bei einem Schneidermeister in einem finsteren Kabinett. Im Schlafzimmer des Wirtes rasseln die Nähmaschinen. Die Probierpuppe lehnt an der Tür. Ein Mann klopft an. Er hat auffallend dürre Ohren aus gelbem Papier. »Wohnen Sie nicht auf 36?« – »Ich bin Adressenschreiber. Ich heiße Grünhut.« – »Pro Kuvert 3 Heller. Haben Sie eine deutliche Schrift?«
Der Buchhalter übergab ihnen eine Liste und hundertfünfzig Kuverts.

3. Um die Mittagsstunde stieg der Herr Kapranek aus dem kaffeebraunen Schlafwagen. Er ging langsam durch die Hitze über den Bahnsteig. Er hatte einer Schülerin die Bluse aufgemacht. Obwohl ihm Schellers Methode, ein Mädchen im Park zu finden, töricht erschien, begab er sich ins Grüne. Es wurde übrigens schon alles herbstlich und gelb.

2. Das Sonnenlicht überfloß ihren Körper, das cremefarbene Kleid, gefiltert durch den Schirm, der wie ein winziger Himmel seine eigene kleine Welt überspannte. Ein Fuß der Frau Tarka – in einem taubengrauen Schuh – saß wie ein Vogel auf dem rotgepolsterten Sitz aus Samt dem Gesicht gegenüber. Es war eine schöne Frau. Der Kutscher in einer aschgrauen Livree hielt die Zügel straff. Parallel über seinen Knien schwebten die Unterarme.

4. Fleißig übte Dr. Derschatta das Beineamputieren. Er überflog die aufgeschlagenen Hefte, die winzigen verschwimmenden Stenogramme. Es dauerte nicht lange, da fing er an, ein seltener Gast in den Seziersälen zu werden.

5. Das Abbild der Frau Tarka hatte einige Sekunden gebraucht, um seine Netzhaut zu treffen. Sein zärtliches Auge erhaschte den fernen Schimmer ihres Profils zwischen dem

Pelzrand des Kragens und dem dunklen Hut. Sie hatte die Linke aufgestützt, ihre Finger waren aufgerichtet in geduldiger Erwartung. Kapranek sah durch die Scheibe. Sie saß am Tisch und probierte Handschuhe. Da er unwillkürlich den Hut zog, blieb sie stehen. Sie streifte das neue Leder über, schloß die Hand zur Faust und öffnete sie wieder. Sie strich mit der rechten Hand zärtlich über die linke und entfaltete das ganze reizvolle, spannende Spiel der Gelenke und Finger. Vor einem kleinen Laden in einer Seitengasse blieb sie stehen. Sie legte eine zögernde, nachdenkliche Hand um die Linke. Schon sah Kapranek einen Kutscher vom Bock springen und die Decken von den Rücken der Pferde nehmen.

6. Die Tür des Zahnarztes Dr. Leopold Derschatta trug die Aufschrift: Stark klopfen, Glocke läutet nicht. Kapranek roch den Gestank der Katzen. Grünhut starrte mit einem großen Auge durch das Guckloch. Er konnte es jetzt bequem bis zu 400 Adressen am Tag bringen.

7. Kapraneks unerschütterlicher Glaube an die verbrecherische Natur des Menschen hatte ihn die Frau Tarka bis zur Wohnung des Zahnarztes verfolgen lassen. Er hörte das Sesselrücken durch die geschlossene Tür.

8. Und da es regnete, stellte Parthagener sich vor, wie er in seinem Zimmer sitzen würde oder in einem Café. (Er hat aber wahrscheinlich kein Geld und versucht auf der Straße, wo die Nässe, der Wind und die Regenschirme Verwirrung stiften, sich in einem offenen Haustor unterzustellen.) Es regnete weiter.

9. Da nahm Parthagener den Hut ab. »Still!« flüsterte Kapranek erregt. Die Tür öffnete sich. Kapraneks Blick prallte an der Tür ab und traf Frau Tarka mitten ins Gesicht. Die hatte etwas gemerkt und hob den Kopf. Parthagener stand stellvertretend von der Treppe auf. Er ging hinter der Frau Tarka, die sich hastig zu entfernen suchte, 4 Stockwerke hinunter auf die Straße.

10. Zwischen zwei Fingern hielt T. den Zwicker, der an einem breiten schwarzen Band festgeknüpft war, drohte mit ihm, zeichnete mit ihm verschlungene Ornamente in die Luft, und nur, wenn er zuhören mußte, setzte er ihn auf den unteren Teil seiner Nase, als wollte er Lion durch das Glas besser betrachten, indessen er ihn doch nur über den Rand der Gläser hinweg ansah. Alles, was mit den Vorgängen der Natur zusammenhing, war ihm fremd und unheimlich. Er merkte kaum den Wechsel der Jahreszeiten, auch fürchtete er sich vor Hunden.

11. Berzejew und Lion schlugen die Krägen der Regenmäntel hoch. Der Kasten im Hotelzimmer war mit Wäsche angefüllt. Die Tür gab ein Geräusch von sich. Berzejew und Lion standen still. Im Badezimmer tropfte der Wasserhahn. Berzejew ging hinein und verrichtete die Not. Dann war es wieder still. Sie öffneten vorsichtig die Koffer; Berzejew schloß die Vorhänge. Bei jedem Geräusch zuckte Lion zusammen. Die Vorhänge waren außen mit schwarzem Stoff bedeckt, so daß es im Zimmer vollständig dunkel wurde. Lion knipste die Spiegelleuchten an. Auf dem Gang gingen die Zimmermädchen vorbei. Berzejew und Lion hörten sie sprechen. Lion reinigte die Brille mit dem Taschentuch. Niemand kam.

12. T. hatte schon längst unruhige Schleifen mit dem Zwikker in die Luft gezeichnet. Das gestickte Tischtuch rutschte von der Tischplatte auf den Fußboden. Die Tapeten waren mit gelben Blumen gemustert. Berzejew öffnete die Blechschachtel. Er zeigte den toten Vogel, dem ein feiner Zwirnsfaden um den Hals hing. T. hob fragend die Brauen. Schweigend schloß Berzejew die Blechdose. Er steckte sie in den Regenmantel.

13. Am Abend entkleidete sich die Frau Tarka. Sie bestäubte sich mit Parfum. Unter der Decke des Zimmers konnte sie die Insekten herumirren sehen. Später bezogen zwei Männer in Regenmänteln das Nebenzimmer.

14. Kapranek kroch auf allen vieren durch den dunklen Flur. Er stand auf. Er zückte einen Bleistift. In einem kleinen Notizbuch notierte er folgendes: Taschenuhr verloren bzw. vergessen. Sofort eilte er zurück in das Zimmer. Er kurbelte am Telefon. Er ließ sich auf das Sofa fallen. Er schlug den DAILY TELEGRAPH auf.

15. Lions Schuhe stießen auf etwas Festes. Lion beugte sich hinunter, er hob die Taschenuhr vom Boden auf. Berzejew klappte den Uhrdeckel auf und suchte nach der Gravur. Lion griff nach der Uhr. Er trat an das Fenster am Ende des Flures. Ein Zeiger war verbogen!

16. Parthagener warf die von Grünhut adressierten Kuverts in den Briefkasten. Ein dumpfes Geräusch begleitete das Einwerfen, da der Briefkasten leer war. Wie anonym er lebte!! dachte er sich.

17. Angestrengt starrten Lion und Berzejew durch die Scheibe ihres Abteils auf den Gang. Der Zug rüttelte die Knochen durcheinander. Kapranek stand auf dem Korridor. Später hob er die Koffer der Frau Tarka in das Gepäcknetz. Kapranek hatte einen fleischigen Mund unter dem würdigen, melierten Schnurrbart.

18. T. hielt den Zwicker in der Hand, hart vor den Augen. Er wippte unaufhörlich mit dem Fuß, wobei sein Körper in ein zartes, schütterndes Beben geriet. Lion legte die Taschenuhr auf den Tisch. Berzejew klappte den Uhrdeckel auf: »Sehen Sie nur!« sagte er.

19. Sie waren jeden Augenblick bereit, der Polizei in die Hände zu fallen. Lion versteckte das Paket mit der Taschenuhr unter der Matratze. Berzejew spähte durchs Schlüsselloch. Auf dem Kanapee schlief Parthagener. Die entfaltete Zeitung und die blaue Brille lagen auf dem Tisch. Ein

heftiges Augenflimmern zwang Berzejew plötzlich, das Gesicht abzuwenden.

20. Ein Sanitätswagen fuhr vor. Eine Gestalt in Verbänden wurde herausgezogen, wie eine Gipsfigur in einer Schublade – Grünhut!

21. Die Fr. Tarka lächelte. Aus dem geöffneten Mund flatterte ein Schmetterling. Kapranek starrte auf die zarte, bläuliche Haut der Augenlider. Leider hatte der Kapranek keine Papiere. Er lebte als Reisender in Kölnischwasser. Er war inzwischen auch Blumenhändler. Im Flur befanden sich ein zusammengerollter Sonnenschirm und eine Wasserkanne.

22. Vor Erregung zitternd, zündete T. die Gaslampe an, die eine surrende Kälte zu verbreiten anfing. Er zog den Vorhang zur Seite. Eine Tür öffnete sich. Grünhut tappte in das Zimmer.

23. Als Lion und Berzejew die Hüte dem Dienstmädchen übergaben, glaubten sie zu sehen, daß sie diese mit einer leichten Geringschätzung auf einen entlegenen Haken hängte, neben zwei abgetragene Wintermäntel. Lion haßte immer, was seine Augen aufnahmen.

24. Lion öffnete den Regenmantel. Die Rolläden waren geschlossen. Ein schwarzer Hund lief über die Straße. Lion betrat das Pissoir. Aus der Tasche von Berzejews Regenmantel ragte der DAILY TELEGRAPH.

25. Fr. Tarka trug einen schwarzen breiten Reiherhut, der flach wie ein Teller auf ihrem Kopf lag. Ihre großen Ohren brannten rot in der Kälte. In der Hand trug sie einen Schirm mit einem gelben, geflochtenen Griff aus Horn. Dr. Derschatta setzte das Fernrohr ab. Er stieg wieder in die Kutsche.

26. Seit geraumer Zeit starrten Parthageners Pupillen durch die Brille auf den Nebentisch. Ein Spitzbart, in den sich die ersten grauen Härchen drängten, verlieh dem Herrn das Aussehen eines Bankbeamten. »Dr. Süßkind!« sagte dieser

und stand auf. Das ist also der Berichterstatter Süßkind, dachte Parthagener.

27. Die Straßenbahn erreichte die Endstation. Lion und Berzejew blieben sitzen. Berzejew las die bunt bemalten Geschäftsschilder. Endlich stiegen sie aus. Für Lion wurde ein heller Kaffee auf den Marmortisch gestellt, der an den Rändern rosa schimmerte. Berzejew verlangte Schreibpapier. Lion knöpfte die Hose auf. Schweigend fixierte Berzejew Lions Gesicht.

28. Inzwischen stieg die Fr. Tarka die Treppe des Wohnhauses hinauf. Auf dem Boden lag eine Tomate. Das Ticken der Boulle-Uhr war zu vernehmen.

29. Herr Dr. Schleicher ist ein bequemer Mann. Er steht spät auf, er geht in Pantoffeln und im Schlafrock ins Klosett. Er trägt eine Brille, die seine Augen freundlich macht. Stets hört man seine Schreibmaschine klappern.

30. Bernadin hat die solemne Art des Franzosen aus der Provinz. Seine Schuhe sind immer blank. Oft sind sie mit Gamaschen tapeziert. Seine Hosen sind gebügelt. Sein Rock sieht aus, als wäre er vom Schneider gekommen. Sein hoher steifer Kragen glänzt weiß. Er streicht den Schnurrbart mit zwei nachdenklichen Fingern. Der Schnurrbart hebt das braune Rot seiner Wangen hervor. Er trägt kleine Schleifen. Die kleinen Schleifen stehen im Gegensatz zu den schweren seidenen und gestickten Bindern des Dr. Schleicher. Es ist viertel 2.

31. Ein enormes Tintenfaß stand auf dem Schreibtisch. T. beugte sich über den Briefbogen. Speichel troff aus seinem Mundwinkel. Seit seinem einundzwanzigsten Lebensjahr führte er eine glückliche Ehe (z. T. nach den Anweisungen eines populären Naturheildoktors). Grünhut hielt das Papiermesser aus Bronze unter der Tischplatte versteckt. Es regnete immer noch.

32. Eben wollte Lion in das Stiegenhaus treten, da tauchte vor der Tür eine schwere, unförmige Masse auf: Bernadin, in einen riesigen Mantel gehüllt! Der Mantel erschien infolge des aufgesogenen Regenwassers hundert Kilo schwer und schwarz. Er hakte die kleine Kette los. Mit einem patschenden Geräusch sank der Mantel zu Boden. Berzejew stürzte aus der Dunkelheit und packte Bernadin an der Kehle. Bernadin ließ die Klinge aus dem Spazierstock schnappen. Zu spät!

33. Das kleine Badezimmer war weiß gekalkt. Von der Decke baumelte der Körper des Dr. Schleicher. Sein Gesicht war schwarz und dick.

34. Kapranek trug einen sandgelben Überzieher, rötliche Halbschuhe, eine hellbraune Hose, auf dem Kopf eine braune Melone. In der Hand hielt er ein Köfferchen mit kleinen Fläschchen Kölnischwasser, mit der anderen zog er energisch an der Glockenstange. Eine geistliche Schwester öffnete. Kapranek betrat das Krankenzimmer. Parthagener saß auf dem Holzsessel. Obwohl seit Wochen nicht geheizt wurde, weigerte sich Parthagener, sich ins Bett zu begeben. Kapranek stellte das Köfferchen auf den Tisch. Die Fläschchen klirrten im Köfferchen. Verträumt blickte Parthagener durch die Brille auf den Fußboden.

35. T's. Bart war wie eine beabsichtigte überflüssige Verlängerung der Physiognomie. Der Schädel war breit und weiß, die Backenknochen waren breit wie der Schädel. Er drückte die schleimige Hand Lions. Lion nahm ein schwarzes Tuch aus der Tasche und wickelte den Brieföffner ein. Berzejew beobachtete ihn gleichgültig. Lion holte ein Stück Schnur mit einer Blechnummer aus dem Regenmantel. Er hängte die Blechnummer um das schwarze Paket. Berzejew kniete nieder. Er starrte durch die Lupe auf den Blutstropfen am Boden.

36. Im Spiegel sah Kapranek, daß aus dem Gehörgang ein Tropfen Ohrfett quoll. Er streifte daher die Pulswärmer über. Dann ging er auf die Straße. Er hatte sich einen Bart ins Gesicht geklebt. Ferner klemmte ein Monokel im Auge. Er liebte die Verkleidung, die er trug, die Wendungen, die in seinem Gehirn und auf seiner Zunge lagen. Mit hastigen Schritten versteckte er sich hinter der Kastanie.

37. Der Zahnarzt Dr. Leopold Derschatta spähte durch den Vorhangschlitz. Er war ein vorsichtiger Mann. Die Fr. Tarka erhob sich vom braunen Leder des Bürodiwans. Dr. Derschatta schloß die Vorhänge und trat an die Wasserleitung. Er leistete nur den Forderungen der Hygiene Genüge.

38. Grünhut hingegen lebte von Luftgeschäften. Häufig besuchte er z. B. Parthagener in der Anstalt, welke Blumen in den Händen. Er mußte Parthageners Brille zum Optiker tragen, um ein zersprungenes Glas erneuern zu lassen. Kapranek wartete vor dem Geschäft. Er hielt einen aufgespannten Regenschirm. Grünhut erstattete das Wechselgeld zurück. Kapranek steckte die Brille in die Brusttasche. Er drückte Grünhut u. a. einen Zettel mit Telephonnummern in die Hand.

39. Die Tür krachte, ein Stuhl fiel um. Schon schnürte der Schmerz die Kehle zu. Auf dem Handrücken Dr. Derschattas sträubten sich die Härchen. Von rückwärts stieg das Blut in sein Gesicht. Er klappte die Ärztetasche auf und entrollte das Wachstuch. Der Körper der Frau Wawrka lag nackt auf dem Fußboden. Geschickt öffnete Dr. Derschatta mit dem Skalpell den Bauch der Frau. Er durfte nicht aus der Übung kommen! Der anatomische Atlas lag aufgeschlagen über den großen, flachen Brüsten.

40. Berzejew hatte Teetassen mit Blümchen gekauft. Jemand hatte ihm aus Deutschland einen wunderbaren Apparat zur Herstellung von echtem türkischen Kaffee gebracht. Er trat nahe an T. heran und erhob die Hand. T. duckte sich. Berzejews Schlag traf das Ohr. »Ich werde nie zugeben, daß ich mit Ihnen gesprochen habe!« T. schrie. »Aber ich habe Ihre Unterredung gehört«, rief Lion. Er hatte die Tür aufgemacht, so daß man den Korridor sehen konnte. »Ich

bin seit einer halben Stunde dort gestanden und habe gelauscht!«

41. Kapranek betritt das Stiegenhaus. Jetzt öffnet sich die Tür zur Zahnarztpraxis. Der Flur ist schmal und dunkel; Kapranek tritt zurück. Er grüßt. Dr. Derschatta erwidert nicht. Er sieht Kapranek an mit Augen aus Nacht und Eis. In seiner Rechten trägt er eine Ärztetasche. Der Geruch von Formalin erfüllt das Stiegenhaus. Kapranek beugt sich über die Treppen. Er entdeckt, daß sich die Spur der Blutstropfen vor der Tür des Zahnarztes verliert.

42. Wie flink lief der Bleistift mit ihrer Hand! Es war ein Kohi-noor. Die Fr. Tarka hörte zu schreiben auf. Grünhut saß auf dem Küchenstuhl, ein kleiner, plumper Mann. Sein Gesicht schien aus lauter Knollen zu bestehen. Grünhut hatte ein Paar winziger, gehässiger Augen und eine Stirn voller Falten. Er erhob sich. Er trat ans Fenster. Kapranek löste sich aus der Dunkelheit. Er bot Grünhut ein Glas Wasser an. Grünhut lehnte ab. Ein Stoß ließ ihn die Balance verlieren. In entsetzlicher Hast lief Kapranek auf die Straße und wischte das Gehirn aus Grünhuts klaffendem Schädel. Schon sammelten sich herumflanierende Passanten um Grünhuts Leichnam. Der Vorfall erregte s. Z. großes Aufsehen.

43. Es klopfte. Dr. Derschatta stellte die Ärztetasche auf das Nachtkästchen. Mit dem kalten Hörrohr betastete er Berzejews entblößten Brustkorb. Berzejew keuchte. »Trinken Sie!«
Berzejew nahm das Wasserglas. Die blassen Tropfen breiteten sich wie Rauch im Wasser aus. Berzejews Augäpfel drehten sich nach hinten, der Brustkorb sank ein, das Wasserglas ergoß sich über die Bettdecke. Dr. Derschatta pflückte eine Blume aus der Porzellanvase. Er steckte sie in das Knopfloch. Nun mußte er aber machen, daß er davonkam!

44. Am frühen Morgen verließ T. das Bett. »Ich begehe jetzt eine sogenannte Gemeinheit«, sagte er sich.
Wie schön die Fr. Tarka geschminkt war! T. winkte nach einer Droschke. Er klemmte den Zwicker fester auf den Nasenrücken. »Sie haben ja Filzläuse!« rief er und wühlte in den Schamhaaren.

45. Lion warf die Zeitung in den Abfalleimer. Jede Nacht begegnete er den vollbeladenen Wagen, die zu den Markthallen fuhren. Einmal fiel ein Stück rohen Fleisches von einem Wagen. Lion bückte sich und verschlang es gierig. In seiner Brieftasche trug er die Photographie Dr. Derschattas bei sich. Von nun ab mußte er vorsichtig sein.

46. Kapranek wartete, bis die Kabine frei geworden war. Er erhielt Handtuch und Seife. Rasch entkleidete er sich. Er entnahm dem Köfferchen eine Regenpelerine, in die er schlüpfte. Nun machte er sich davon! In der Badekabine hatte er eine tickende Höllenmaschine von 8 Pfund Gewicht zurückgelassen. Er sprach den promenierenden Schutzmann an. Es ist viertel 5 antwortete dieser. Sofort erschütterte eine Explosion das Stadtviertel.

47. Wie eine Wachsfigur saß die Fr. Tarka vor dem Caféhaus. Dr. Derschatta griff nach dem Riechfläschchen. Aus dem Zoologischen Garten waren tierische Laute zu vernehmen. Erregt betastete Dr. Derschatta die Schenkel der Frau Tarka. Ausnahmsweise fehlte ihm ein Schneidezahn. Er entfernte die Blume aus dem Knopfloch und hielt sie lächelnd über das Schwefelholz. Welch wundervollen Duft sie absonderte!

48. Doch nun lag die Sache ganz anders. Lion saß – die Beine in eine Decke gehüllt – auf dem Balkon des »Hotel d'Angleterre«. Er starrte in das Gesicht der seltsam maskulinen Frau.

Lions schlechtrasierte Backen waren eingefallen. Die Frau stocherte mit der Hutnadel in den Obst-Blumen-Gebilden des riesigen Hutes. »Wünschen Sie Eis?« – erschöpft lehnte sich Lion in den Sessel. Da sprang die Frau empor und stieß die Hutnadel durch Lions Auge. Das war schon ein merkwürdiger Anblick, wie Lion auf dem Balkon saß, und die Hutnadel mit der Bernsteinkugel wuchs aus seinem Auge, wie ein abgebrochener Blick. Gerade, daß Kapranek noch Zeit fand, die Frauenkleider abzulegen, bevor ihn ein Lachanfall überwältigte.

49. Der Himmel verfärbt sich gelb. T. sitzt vor einem Tisch. Er blickt durch die wehenden Gardinen aus dem Fenster. Der Boden ist von Wasser überschwemmt. Man sieht das regelmäßige Muster des Parkettbodens durch das Wasser. Einige Gegenstände schwimmen auf der Wasseroberfläche: Tintenfaß, Brillenetui, Nachttopf, Zeitung, Schuh usf. T. tritt an den Schreibtisch, durchwühlt Papiere. Wasser rauscht & gurgelt. Irgendwo hat T. eine Wasserleitung aufgedreht, um keine Spuren zu hinterlassen.
T.: Verdammt!
T. verläßt das Haus.

50. Dr. Derschatta öffnete das Fenster. Wie ein Komet flog er durch die Luft. Eine große Ziffer aus Gummi erschien am Horizont. Die Ziffer aus Gummi zerplatzte lautlos. Dr. Derschatta starrte auf den Einstich in der Armbeuge. Hoffentlich hatte er nichts verraten!
»Sie können gehen«, sagte der fette Mann.

51. Das Weitere ist schnell erzählt:
Kapranek wusch sich Gesicht und Hände. Das Wasser verfärbte sich leichendüster. Kapranek schob die Zahnprothese in den Mund. Die Hitze erhöhte den muffigen Geruch der schlechtentstaubten Plüschmöbel. Aus dem Nachttisch sikkerten die haftengebliebenen Dünste verschiedentlichen Urins. Als Kapranek um die Ecke bog, bemerkte er den offenen Türspalt. Zwischen Blumen und Kerzen lag der Leichnam Dr. Süßkinds. Kapranek durchsuchte die Taschen. Ein schmaler Blutfaden löste sich aus den Mundwinkeln des Toten. Kapranek erstarrte. Endlich fand er, was er suchte.

52. Als der Arzt jenes kümmerlichen Viertels die Uhr aus der Rocktasche zog, sah man die Grünspanflecken, die die nachträgliche Vergoldung durchdrungen hatten. Er zählte die Pulsschläge, sodann verordnete er Kampfertropfen. Er entblößte die Zähne zu einem Lächeln. T. begleitete ihn zur Tür. Er sah aus wie einer jener verrückten Engländer, die auf den Vignetten der Bücher von Jules Verne einherspazieren. Die Heftigkeit, womit die Zeit ihm fortfloh, ließ in ihrem Ungestüm nach.

53. Kapranek in Gamslederhandschuhen überreichte einen riesigen Blumenstrauß. Die Fr. Tarka drückte den Gummiball des Parfümfläschchens und versprühte herrliche Gerüche. Kapranek warf sich zu Boden. Die Fensterscheiben zersprangen. Kapranek fand die Zahnprothese unbeschädigt auf dem Boden. Der Arm der Fr. Tarka mit dem zur Explosion gebrachten Blumenstrauß lag auf dem eingestürzten Klavier. Trotz langem Suchen vermochte Kapranek keine Spur der Boulle-Uhr zu entdecken. Noch immer quoll Rauch aus dem Nebenzimmer.

54. Die Zeitung wurde eingeworfen. Dr. Derschatta saß ungerührt auf dem Behandlungsstuhl. Er nahm eine kurze Lachgasnarkose. Als er erwachte, streifte er die Galoschen über, leider regnete es. Er versteckte die Ärztetasche unter dem Regenüberwurf. Er verließ das Haus.
Personenbeschreibung: Dr. Derschatta war 1 m 79 groß, hatte blaue Augen und braunes Haar. Alter: 38 Jahre. Besondere Kennzeichen: eine 8 cm lange Narbe am Oberschenkel infolge einer Infektion mit einer unsauberen Infektionsnadel.

55. T. stolperte die Treppe zum unterirdischen Gang hinab. Plötzlich befand er sich in einem Menschenknäuel. Kapranek streckte die Hand aus. T. trug den Regenschirm in der Hand. Die Boulle-Uhr war in einer Art Geigenkasten verborgen. Abrupt hielt er an. Kapranek lief die Treppe hinauf. T. bückte sich. Kapranek verlor das Gleichgewicht. Wie ein Blatt schwebte er auf das Geleise. Mit donnerndem Geräusch brauste der Orientexpreß in die Station.

56. T. suchte den Speisewagen. »Eine Tasse Tee.«
Unter dem Arm trug er den geigenkastenförmigen Behälter. Die Boulle-Uhr schlug 6mal an. Die Fahrgäste starrten in T.'s Gesicht. Der Herr mit der schwarzen Melone betrat den Speisewagen. Ohne weiteres nahm er den Platz T. gegenüber ein.

Ende

NACHWORT

Der Leser dieses lange verschollen geglaubten Romans hat ein Recht darauf, Näheres zu erfahren über Entstehung und Geschichte des Manuskriptes und über das bei der Entstehung befolgte Verfahren.
Thematisch und stilistisch, aber auch nach dem Duktus der Handschrift der vorliegenden Manuskripte könnte der Roman zwischen dem *Künstel* und dem *Willen zur Krankheit* entstanden sein. Die Sichtung der zunächst unentwirrbar erscheinenden Blätter gab einen guten Einblick in das Arbeitsverfahren des Autors. Dem Roman liegt das Buch *Der stumme Prophet* von Joseph Roth zugrunde. Der Autor hat diesem Roman nicht nur die Personennamen entnommen, sondern auch zahlreiche Satzgruppen für seine Arbeit verwendet; weiters wurden mehrere Satzgruppen nachgewiesenermaßen dem Roman *Der Leopard* von Giuseppe Tomasi di Lampedusa entnommen.
Der Autor selbst notierte in einem Brief an den Mathematiker Königshofer: Der Text soll wie eine Folge von Farbbildern wirken, die man durch ein Schlüsselloch erspäht. Infolge der starren Perspektive sieht man immer nur einen Teil des Geschehens.

HOW TO BE A DETECTIVE

Ein Kriminalroman

Kommissar Potter zog den Finger aus der Manteltasche und legte ihn auf den Tisch. »Dies«, sagte er, »ist das Corpus delicti.« Der Amtsdiener hatte mittlerweile das Blut vom Boden aufgewischt und die explodierten Blumen in die Vase zurückgesteckt. Es ist schon spät, antwortete der Kommisar. Er riß den Uhrzeiger aus und steckte ihn zu den Blumen in die Vase. Die Uhr tickte weiter. Ein Blatt flog zum offenen Fenster herein. Es roch nach Salz. Der Amtsdiener blickte verträumt durch die kreisrunde Brille. Er beobachtete, wie auf dem Kopf des Kommisars die Haare sprossen. Eines der Brillengläser wies einen Sprung auf. »Schreiben Sie«, befahl der Kommissar und verließ das Zimmer, nicht ohne vorher den Uhrzeiger der Vase entnommen und durch das offene Fenster auf die Straße geworfen zu haben.

1. Fortsetzung

Das Mobiliar des Zimmers war von brauner Farbe. Der Kommissar raspelte das Zündholz an. Er setzte die Zigarette in Brand. Er studierte das Messingschloß des Wäscheschrankes. Niemand bewohnte das Zimmer. Von den Wänden tropfte Wasser. Noch immer befand sich der Finger in der Manteltasche des Kommissars. Was war geschehen? Während der Kommissar nachdachte, tropfte das Wasser von der Decke. Der Kommissar beobachtete den Hund, dessen Körper von Geschwüren übersät war. Tapetenfetzen hingen wie Hautlappen von den Wänden. Der Kommissar verließ das Zimmer.

2. Fortsetzung

Der Augenarzt der Spazierstock der Messingtopf der Leichenbestatter das Autowrack das Laboratorium der Nebel der Hafen der Eisenbahnwaggon der Hausmeister der Telefonhörer die Blumenverkäuferin die Ultraviolettlampe die Strandkabine das Rasierwasser der Kinderwagen das Weinfaß der Hut der Hörapparat die angelehnte Tür das Badezimmer der Wasserhahn der Blutfleck die Schreibmaschine der einzelne Handschuh.

3. Fortsetzung

Potter stellte die Flasche Chloroform auf das Fensterbrett. Der Fehler im Belag des Spiegels zerdehnte das Abbild des Raumes. Die Eingeweide zogen sich zusammen. Die Sonne schien. Mehrere Fensterscheiben zerbrachen. Der Kommissar runzelte die Stirne. Er ließ den herumstreunenden Hund nicht aus den Augen. Die Waffe glänzte.

4. Fortsetzung

Guten Morgen Herr Inspektor, sagte der Amtsdiener, es gibt neue Aspekte im Fall M.

5. Fortsetzung

Fröstelnd erwachte Potter auf der Parkbank. Es regnete in Strömen. Er entfernte die Wattepfropfen aus den Ohren. Auch rammte er einen sechzigjährigen Mann, der eine Katze an einem Stück Schnur spazieren führte. So verging der Tag, ohne daß er einen wesentlichen Schritt weitergekommen wäre.

6. Fortsetzung

Der Wäschekasten stand weit offen. Der Kommissar entfernte eine Parkette aus dem Fußboden und warf sie aus dem Fenster. Er entdeckte den toten Nachtfalter und versteckte ihn unter dem Hutband. Wo aber befand sich der Schlüssel? Erschöpft öffnete er die Fensterläden. Eine Wolke gelber Schmetterlinge strömte in das Zimmer.

7. Fortsetzung

Der Amtsdiener legte sich die Bartbinde an. Er brach ein Stück Glas aus dem Spiegel und verspeiste es. Soeben hatte er ein Monogramm in das Taschentuch gestickt und die Goldplombe in einer Partie Schach an den Gärtner verloren. Der Gärtner kehrte das tote Laub zu einem Haufen. Er schaufelte es in den Abfallkübel. Die im Büro summende Fliege erzeugte einen Lufthauch von 20 cm/sec.

8. Fortsetzung

Endlich hatte sich das verlorene Glasauge gefunden! Potter reinigte es sorgsam. Er legte es in die Schublade. Dann versuchte er die Pistole zu erreichen, die 10 cm von seiner ausgestreckten Hand auf dem Sessel lag. Der Wind blies durch die geöffneten Balken. Er sah dem Gärtner zu, wie er das tote Laub in den Abfallkübel schaufelte.

9. Fortsetzung

Das ist ja das Schreckliche, dachte der Kommissar, daß ich alles verstehe.

10. Fortsetzung

Er spazierte über die grüne Rasenfläche. Nichts regte sich. Der Kommissar streckte den Finger aus und drückte den Klingelknopf. Im selben Augenblick zerriß eine ohrenbetäubende Explosion die Stille. Potter angelte die Lupe aus der Tasche und starrte in das Kraterloch.

11. Fortsetzung

Erst jetzt stieß Potter auf den Toten. Er fing einige Fliegen und breitete sie auf einem Stück Papier aus. Er beugte sich über den Toten. Dann berührte er die vertrockneten Augäpfel. Er mußte danach trachten, nicht selbst gesehen zu werden. Durch die Gewalt des Überfalls war ein Stück Kopfhaut mit Haarbüscheln vom Kopf des Toten gerissen worden.

12. Fortsetzung

Noch immer betätigte der Inspektor die Elektrisiermaschine. Eine Stunde später befand er sich auf der Straße. Er sammelte die verlorenen Regenschirme ein und numerierte die Griffe. Da erschien Potter. Bevor er sich verabschiedete, trug er dem Inspektor auf, die Wohnung des Altwarenhändlers zu durchsuchen.

13. Fortsetzung

Potter zählte die leeren Flaschen. Er verließ sich auf die Empfindlichkeit seines Trommelfells. Jemand stellte eine Kiste Obst vor das Haus. Mit einem Sprung stürzte der Kommissar aus dem Versteck. Der zahnlose Bote setzte sein schönstes Lächeln auf und wies auf den Türrahmen, von welchem der tote Inspektor baumelte.

14. Fortsetzung

Nun? fragte der Kommissar und starrte dem Boten ins Gesicht, während er die Taschenuhr aus dem Futteral zog. Genüßlich ließ er sie auf der Zunge zergehen. Der Bote schwieg. Der Kommissar spuckte das Aufziehrädchen der Taschenuhr in den Papierkorb. Er sprang aus dem Fenster. Langsam schwebte er vom 3. Stock des Polizeigebäudes.

15. Fortsetzung

Mit großer Aufmerksamkeit musterte der Kommissar die silberne Tabakdose. Er nahm sich vor, an der nächsten Station auszusteigen. Die Offiziere auf der vorderen Plattform der Straßenbahn untersuchten gewissenhaft die Zungen der kranken Hunde. Der Kommissar grüßte aufmerksam. Sein Ekzem wurde täglich besser. Wer aber mochte die Tabakdose verloren haben?

16. Fortsetzung

Als gleich darauf die Sonne durch die geschlossenen Vorhänge drang, legte der Kommissar die Lupe auf den Sessel und beugte sich über den abgehackten Finger. Er vermeinte ein Geräusch zu vernehmen, das klang, als würde eine Tür geöffnet. Er setzte sich auf die Nähmaschine und wartete. Als er bereits daran dachte, aufzugeben, fiel ein handtellergroßes Stück Verputz von der Decke.

17. Fortsetzung

Aber hatte er dem Inspektor nicht zuletzt den Auftrag erteilt, dem Altwarenhändler einen Besuch abzustatten? Das war der springende Punkt! Potter griff nach der Türschnalle und verbarg sie unter dem Mantel. Niemand hatte etwas bemerkt. Er öffnete das Fenster und sah den schwarzen Aschenflocken zu, die vom Wind in das Zimmer geweht wurden.

18. Fortsetzung

Der Pfeil wies die Treppen hinunter. Potter zog den klebrigen Vorhang zur Seite. Er nahm den Käfer in die Hand und ließ ihn über die Handfläche laufen. Überall war Bedrohung zu fühlen. Der Hut fiel vom Kopf und rollte zwischen den Sesselbeinen durch das Zimmer.

19. Fortsetzung

Wieviel Tage hatte der Scherenschleifer sich versteckt gehalten? Wie ein Wurm hatte er gelebt! Und jetzt ergoß sich flimmernde Helligkeit über ihn und versetzte ihn in einen Taumel! Er nahm seine tägliche Dosis Morphium zu sich. Lustig klapperten die Scheren und Messer im Koffer.

20. Fortsetzung

Der Straßenprediger wagte sich nicht auf die Straße. Er blickte auf die klobige Uhrkette. Die übergroße Hose, die von einem 14 cm breiten Ledergürtel zusammengehalten wurde, schlotterte am Körper. Er stellte die selbstgeflickten Schuhe unter das Messingbett und legte das Hemd über die Sessellehne.

21. Fortsetzung

(Am nächsten Tag.)
Potter durchstöberte die Tischlade. Er schlich in den Park

und versteckte sich. Die Vögel taten sich an seinen Augen gütlich. Der Scherenschleifer beobachtete das friedliche Bild durch das Fernrohr.

22. Fortsetzung

Potter war 46 Jahre alt.
Er überlegte kurz, dann nahm er das alte Grammophon und warf es aus dem Fenster.

23. Fortsetzung

Das Zimmer war vollständig leer. Auf dem Boden lag der weibliche Leichnam. Der Kommissar pflückte die Blume, die aus dem Mund des Leichnams sproß. Ein wundervoller Geruch! Er besah sich die Wände. Im oberen Stockwerk war Altmobiliar abgestellt... Er öffnete der Reihe nach die Schränke und Kästen – nichts! Jemand hatte die Brennschere ans Fensterkreuz genagelt. Im nächsten Zimmer stieß er auf den langgesuchten Handschuh. Potter stierte auf den Mükkenschwarm im Park.

24. Fortsetzung

Erzürnt spuckte der Kommissar auf die Silbermünze. Er befahl dem Amtsdiener, diese vom Boden aufzuheben. Sehr wohl! Er schlug die Zeitung auf. Der Himmel war von kreischenden Vogelwolken bedeckt. Der Kommissar verließ das Zimmer. Funken stoben aus den Haaren des Scherenschleifers und die Windräder fingen Feuer.

25. Fortsetzung

Herein! rief Potter. Anstelle einer Antwort verlosch das Licht und eine Kugel pfiff an seinen Schläfen vorbei. Potter öffnete die Tür: Niemand. Er trat an das Stiegengeländer: Es war still. War er auf dem Dachboden? Oder im Keller? Der Kommissar fröstelte. Die große Briefmarke wurde unbemerkt durch den Türschlitz geschoben. Man brachte ihm eine Tasse Tee. Nehmen Sie doch Platz! sagte er freundlich zum Frisör.

26. Fortsetzung

Potter beschleunigte seine Schritte. Wer folgte ihm? Er konnte keinen Verfolger ausmachen. Plötzlich hielt er an. Er wartete, bis er überholt wurde, dann folgte er dem Mann mit dem zitronengelben Gesicht. Es begann zu regnen. Er passierte die Eisenbahnbrücke. Der Mann mit dem zitronengelben Gesicht beschleunigte die Schritte. Er zog den Hut ins Gesicht. Er versteckte sich hinter der Telefonzelle. Er versuchte den Kommissar in einen Hinterhalt zu locken. Er bleckte die gelben Zähne. Er stieß dem Kommissar die Waffe ins Genick. Die Zeit verrann.

27. Fortsetzung

Der Frisör öffnete die Tür. Er lebte einsam. Das Tischtuch auf dem kleinen Eßtischchen fehlte! Auch war das Bett zerwühlt und der Kleiderkasten weit aufgerissen. Er fand den schwarzen Telefonhörer auf dem Fußboden. Der Frisör bückte sich, um den Hörer aufzuheben. Sogleich ging der Teppich in Flammen auf. Auch die Vorhänge fingen Feuer. Der Grammophonteller setzte sich in Bewegung, Sonnenschirme entquollen dem Lautsprecher und die Wanzen machten sich daran, die Ohren des toten Altwarenhändlers als Nahrung zu verwerten.

28. Fortsetzung

Die blaue Porzellanglocke leuchtete durch den dämmrigen Gang. Der Scherenschleifer beugte sich währenddessen über das Gesäß des Leichnams. Es roch nach Äpfeln. Vollständige Dunkelheit herrschte. Nur die Geräusche von Ratten waren zu vernehmen. Abschließend stellte der Scherenschleifer den Kopf des Leichnams zurück in das Regal und legte den Körper ordnungsgemäß in die Formalinwanne.

29. Fortsetzung

Er hatte das Gefühl, in der Dunkelheit nicht allein zu sein. Den Hut jedoch konnte er ohne Bedenken aus dem Fenster werfen. Und es gelang! Der Fliegenfänger schaukelte im

Wind. Beim Anblick der summenden Fliegenschwärme würgte es den Mann mit dem zitronengelben Gesicht im Hals.

30. Fortsetzung

Alle daktyloskopischen Untersuchungen waren ohne Erfolg geblieben. Potter besah sich die Fotografie. Schließlich versank die Waffe in den Fluten. Potter blickte sich um. Die Schornsteine gaben gelben Rauch von sich. Sonst war niemand zu sehen. Er schlug den Weg zum Schuppen ein. Er zog die Eprouvette aus dem Jackenärmel und hielt sie über den Bunsenbrenner. Die Flüssigkeit verfärbte sich blau. Der Kommisar entnahm dem Bereitschaftskoffer einen Gummihandschuh. Nun mochte kommen was wolle!

31. Fortsetzung

Warten Sie doch! rief der Professor und übergab dem Kommissar ein Taschenmesser. Der Unbekannte wurde auf dem Blechwägelchen in die Prosektur geschoben. Der Mann mit dem zitronengelben Gesicht versperrte die Toilette hinter sich. Er kritzelte einige Worte auf den Zettel. Er verschluckte den Bleistift. Niemals ließ er Spuren zurück. In seinem Zimmer schwamm ein Goldfisch in einer Glaskugel.

32. Fortsetzung

Die Möbelstücke waren gänzlich verkohlt, nur der Wellensittich gab schwache Lebenszeichen von sich. Der Kommissar warf ihn aus dem offenen Fenster.

33. Fortsetzung

Er bog in die Quergasse und stellte das Fahrrad ab. Er stieg in die Straßenbahn. Nach zwei Stationen stieg er aus und nahm ein Taxi. Opernring 8. Er prüfte den Sitz des Seidenschals. Er litt unter seinem zitronengelben Gesicht. Den schwarzen Hut trug er aus Scham, auch war er ein Tierfreund. Er erfand soeben eine neuartige Maschine.

34. Fortsetzung

An der Bewegung der Zunge im geöffneten Mund erkannte der Kommissar schon von weitem, daß die Greisin ein Selbstgespräch führte. Sie trug die schwarze Bluse mit Brüsseler Spitzen. Mögen Sie eine Himbeere? Sie mochte es, wenn ihr Haar phosphoreszierend leuchtete. Das weiße Hündchen sprang an ihr hoch. Der Kommissar untersuchte die Drüse am Hals der Greisin. Die Tablette Aspirin befand sich neben dem Wasserglas auf dem Waschtisch.

35. Fortsetzung

Potter legte den Hörer zurück auf die Gabel. Die Blumen sprossen wie wild. Stundenlang verfolgte er das Treiben der schwarzen Spinne am Plafond. Als es dunkel wurde, verließ er über die Feuerleiter das Mietshaus. Nun galt es die Spuren zu sichern! Er sah sich mit großer Aufmerksamkeit um. Auf seinem Schreibtisch türmten sich die Akten.

36. Fortsetzung

Als er um die Ecke bog, spiegelte er sich in der Glastür. Aus den Kanalgittern stiegen blaue Dämpfe. Die Regenrinnen waren mit Vogeleiern verstopft. Fliegengitter flatterten im Wind. Ein unheimliches Krachen erfüllte die Luft. Der Kommissar durchsuchte das Mietshaus. Er musterte die Gesichter. Da er Kettenraucher war, achtete er auf das Ticken der Uhren. Er riß den Steckbrief von der Wand und besah sich die Fotografie – wer war der Unbekannte? Er öffnete die angelehnte Tür. Seine lange Nase witterte Unrat. He, Schnüffler! rief der Invalide mit den Hosenträgern und trat vor die Wohnungstür. Im selben Augenblick glitt er aus und kollerte das Stiegenhaus hinunter. Der Kommissar hob den Kopf. Er genoß die frische Abendluft.

37. Fortsetzung

Außerdem hatte der Mann mit dem zitronengelben Gesicht eine gewisse Vorliebe für gestärkte Vatermörder. Niemals vergaß er, sich einen umzubinden. Er bog in die schlechtbeleuchtete Gasse ein. Hehehehe! Rote Blasen entquollen den Blättern der Bäume. Unterwegs kämmte er sich das Haar.

38. Fortsetzung

Der Wald wimmelte von Wespen. Als der Kommissar sich zufällig dem abgestellten Schubkarren näherte, stieß er auf die Leiche des Gärtners. Sein Körper war von buntem Laub bedeckt. Der Kommissar deponierte einen der blauen Zähne des Gärtners in den Stulpen seiner Hose. Er mußte sich vorsehen. Er versteckte sich hinter der Kastanie, die Fabriksirene ertönte. Mit einemmal bellten die Hunde. Papierfetzen trieben über die Straße. Er dachte nach. Sein Kopf war schwer. Er roch an seinen Fingern. Überall war Stille.

39. Fortsetzung

EINIGE STUNDEN SPÄTER
»Brechen Sie die Tür auf!« befahl der Kommissar. Die Haare des Scherenschleifers sträubten sich im Wasser. Potter setzte sich in die Bibliothek und überlegte. Der Polizeibeamte schnürte das Paket auf. Sogleich suchte Potter hinter der spanischen Wand Deckung. Ein Schwarm von fliegenden Ameisen durchquerte das Zimmer. Potter schleuderte den Stuhl durch das geschlossene Fenster. Müde spazierte er die Straße hinunter. Als er sich erhob, sprach ihn ein kleiner glatzköpfiger Mensch mit einem zerbrochenen Brillenglas an. Er trug eine geblümte Krawatte. Der Kommissar drängte ihn gegen das Eisengitter. Er riß ein Blatt vom Baum und sog das Chlorophyll aus dem Blatt. Er verschenkte das durchsichtige Blatt an ein armes Kind.

40. Fortsetzung

ZUR SELBEN ZEIT
Um nicht erkannt zu werden, mußte er vorübergehend die Farbe der Iris wechseln. Er spannte den Regenschirm auf. Hinter seinen Schritten stürzten die morschen Bretter in die Tiefe. Er schraubte die Namenschilder von den Türen. Er betrat das unversperrte Zimmer. Unter dem Klavier lag der leblose Körper. In seiner Jugend hatte es der Kommissar vorgezogen, die Baßgeige zu streichen.

41. Fortsetzung

Der Kommissar blickte in das unermeßliche Weltall. Er trat ins Freie. Der kalte Wind schlug ihm entgegen. Er kannte die Adresse. Durch die Fensterscheibe war das Projektil in das Zimmer eingedrungen. Der Kommissar untersuchte die tapezierte Wand. Er nahm das Projektil an sich. Er versteckte sich in der Gartenhütte. Mit seiner Taschenlampe beleuchtete er den Fußboden. Er wickelte das Projektil in das Taschentuch. Er riß sich ein Haar vom Kopf und stieg aus dem Fenster. Er befestigte das Haar mit Speichel am Türstock.

42. Fortsetzung

Potter vernahm ein Geräusch. Er beobachtete so gerne die Weltkugel von oben! – nichts Außergewöhnliches fiel ihm auf. Plötzlich stellte er fest, daß sich die Vorhänge in der Dunkelheit bewegten. Er griff unter das Polster. Mit einem dumpfen Stöhnen sank die Gestalt zu Boden. Potter mußte darauf achten, keine Spuren zu hinterlassen. Er selbst war unversehrt geblieben.

43. Fortsetzung

Der Schneider hatte sich die Uhrmacherlupe ins Auge geklemmt, um die Blutflecken besser sehen zu können. Die Decke zeigte unvermutet Risse. Das Gas strömte aus den geöffneten Ventilen. Der Schneider trieb sich in der Stadt herum. Er wurde angesprochen. Er rauchte eine Zigarette. Er verlor einige Knöpfe. Vom Fluß stiegen Nebelschwaden auf. Müde begab er sich auf den Heimweg.

44. Fortsetzung

Ein lautes Geräusch ließ den Kommissar zusammenfahren. Kälteschauer durchrieselten seine Gliedmaßen. Mit langziehendem Gedröhn bewegte sich der unheimliche, riesige Liftkasten in die Höhe und verschwand in der Dunkelheit. Jemand öffnete die eiserne Lifttüre, fuhr herab und stieg aus. Er entfernte sich mit schweren Schritten. Nichts rührte sich.

Der Liftkasten ruhte im Parterre. Der Kommissar riß die Tür auf. Er rannte auf die Straße. Niemand war zu sehen.

45. Fortsetzung

Noch lebte der kleine zwölfjährige Rudi und trieb frohsinnig seinen Kreisel über das Trottoir. Die Gasbeleuchtung wurde eingeschaltet. Rudi fand die tote Katze. Er trug diese mit sich herum. Was ihn besonders interessierte, waren die starren Augen der toten Katze. Er versteckte die Katze im Keller des Hauses. Dann reinigte er seine Kleidung von den schmutzigen Regentropfen.

46. Fortsetzung

Der Leichenwagen beschleunigte das Tempo. Potter sprang vom Trittbrett. Der Mantel wehte im Fahrtwind. Er hatte die Staubbrille vergessen. Auch war die Straße vollkommen leer. Kein Mensch zeigte sich. Die Sockenhalter hatten sich infolge des kühnen Sprunges verschoben. Durch die gläserne Scheibe des Cafés beobachtete Potter den Verdächtigen. Als der Verdächtige zu laufen begann, riß Potter den Browning aus der Manteltasche. Der Tierhändler verkaufte einen Kanarienvogel.

47. Fortsetzung

Nun war die Krawatte parfümiert! Befriedigt stellte Potter das Fläschchen auf den Kasten. Er beugte sich über den Schneider. Eines der Augen des Schneiders war verschwunden. Potter zerrte den Leichnam in den Abstellraum. Es läutete an der Tür. Wollen Sie einen Vogel kaufen? Aus dem Mund des Tierhändlers löste sich ein Krähenschwarm. Der Kommissar wickelte den Schneider in den Teppich. Wer mochte das Auge an sich genommen haben? Eine große Blutlache war auf dem Fußboden zu sehen. Der Inhalt der Taschen des Schneiders war folgender: 1 Feuerzeug, 1 Taschennähzeug, 12 Zigaretten, etwas Geld, 1 Büschel Haare; der Kommissar hob fragend die Brauen.

48. Fortsetzung

Stundenlang beobachtete der Straßenprediger das Haus. Mitunter verschenkte er religiöse Schriften. Sein Gesicht war von einem Brandmal gezeichnet. Er folgte dem Tierhändler. Er notierte die Adresse. Niemand beachtete ihn. Er spazierte zum Gebäude zurück. Er fing sich eine der Krähen. Er begab sich zum Kinderspielplatz. Wie schon so oft, forderte er ein Mädchen auf, ihm zu folgen. Er öffnete seinen Mantel und zeigte ihm sein Geschlecht.

49. Fortsetzung

Seit Tagen hatte M. auf eine Gelegenheit gewartet. Er verstaute das Rasiermesser in der Hosentasche. Die Bilder an den Wänden begannen zu schaukeln. Der Mann mit dem zitronengelben Gesicht klopfte an die Tür. Er stellte den Signalapparat in einer Ecke des Zimmers ab.

50. Fortsetzung

Potter hatte alles minuziös geplant. Achtlos ließ er die Zigarettenkippen liegen. Die Ofentür platzte und ein Strom von Ungeziefer ergoß sich auf den Fußboden. Der Kommissar trat argwöhnisch gegen die angelehnte Tür. Eine leere Flasche rollte durch das Zimmer. Er beugte sich über die zerschmetterte Krähe. Was mochte sie bedeuten? Mittlerweile befand er sich schon 2 Stunden im leeren Haus. Jemand näherte sich. Der Kommissar versteckte sich hinter der Kohlentruhe.

51. Fortsetzung

Wer konnte ein Interesse daran gehabt haben, ihm eine Maschine zu schenken? Eine merkwürdige Maschine! Der Kommissar betätigte die vorgeschriebenen Hebel. Die Räder begannen sich zu drehen. War es ein Signalapparat? Für gewöhnlich studierte er eine Stunde lang die Verbrecherkartei. Als Mordwaffe kam ein langer, spitzer Gegenstand in Frage. Ein Eispickel? Ein Dolch?

52. Fortsetzung

Der Kommissar durchwühlte die Taschen des Erwürgten. Er warf den gefundenen Brief blitzschnell aus dem Fenster. Seine Bewegungen erfroren. Der Mund des Toten stand weit offen. Erst jetzt erkannte er, daß die Zunge in seinem Mund fehlte. Ferner bestand eine von ihm beobachtete Eigentümlichkeit des Leichnams in einem kleinen stumpfen Höcker an dem einwärts gefalteten Rand des Ohres (Helix). Noch immer betrachtete der Kommissar die zitronengelben Ohren des Toten. Er stürzte vor das Haus, um den Brief an sich zu nehmen. Der Brief jedoch blieb verschwunden.

53. Fortsetzung

Hastig verzehrte der Kommissar die herumliegenden Papiere. Er mußte auf der Hut sein.

54. Fortsetzung

Die Luft zeigte eine grüne Farbe an. Der Straßenprediger betrat das leere Haus. Von hier konnte er alles überblicken. Er fertigte eine unsittliche Zeichnung auf der Wand an. Er beschriftete die unsittliche Zeichnung mit unsittlichen Worten.

55. Fortsetzung

Der Bleistift des Tierhändlers fiel zu Boden. Mit einer unauffälligen Bewegung nahm ihn der Kommissar an sich. Litt er an Kleptomanie? Gleich darauf bimmelte das Glöckchen an der Ladentür. Die Käfige stürzten zu Boden. Der Kommissar schwebte unter dem Plafond. Niemand verließ den Laden. Wollen Sie nicht eine Zeitschrift lesen? fragte der Straßenprediger. Die Käfige flogen mit den gefiederten Freunden durch den Raum. Hier, nehmen Sie etwas Silbergeld! Noch immer war der asthmatische Atem des Tierhändlers zu vernehmen. Der Kommissar war allein und unbewaffnet.

56. Fortsetzung

Abermals klopfte es. Blitzartig schob der Kommissar den Koffer unter das Bett. Er gab sich als Hausdiener aus. Setzen Sie sich auf den Stuhl! befahl M. Er verlangte, die Legitimation zu sehen. Der Vogel krachte gegen das Fenster. Das Fenster entsprach in seinem Verhalten den physikalischen Gesetzen. Die Verwirrung benutzend sprang Potter auf die Tür zu. Den Regenmantel mußte er wohl zurücklassen. Er verbarg sich in der Besenkammer. Im selben Augenblick waren hastige Schritte zu vernehmen. Jetzt konnte Potter den Regenmantel wieder konfiszieren. Auf dem Tisch fand er ein auf ein Barbiturat ausgestelltes Rezept. Nachdenklich stopfte er es in den Mantelsack.

57. Fortsetzung

Wohin er kam, löste er Schrecken aus. Die Zimmerwirtin, die ihm öffnete, versuchte, vor ihm die Tür zuzuschlagen. Der Schauspieler trat einen Schritt zurück. Seine Augen weiteten sich vor Angst. Auf den Stirnen der Angesprochenen glitzerten Schweißtröpfchen. Die Münder öffneten sich stumm. Er verließ wortlos die Garçonnière. Nur einmal kehrte er zurück, um seine Hände an einem schwarzen Eisenöfchen zu erwärmen und eine *scheinbar* belanglose Bemerkung fallenzulassen. Am Sonntag hatte er einen halbverwesten Leichnam in einem Tümpel gefunden. Er zog den blauen Fingernagel von seinem Daumen und steckte ihn mit einem Seufzer des Bedauerns in das Uhrtäschchen. Sodann zog er die feine Schraube hinter seinem Ohr an, um die Membran des Trommelfells zu spannen, stellte das Okular und Objektiv seines dioptrischen Apparates auf die richtige Entfernung ein und stoppte vorübergehend die peristaltischen Bewegungen seiner Gedärme – kein Geräusch durfte ihn verraten!

58. Fortsetzung

Prächtig wölbte sich das Firmament in Form einer Parabel herab. Der Kommissar betastete, während er eilends dahinschritt, den falschen Bart. cm^2 um cm^2 verschlangen die langsam dahinkriechenden Ziegelhäuser das Trottoir. Der Tierhändler ölte den 38er Trommelrevolver. Die Brillanten an den Fingern glitzerten. Er vernahm unmittelbar hinter der Diele ein verdächtiges Geräusch. Jemand lauerte hinter dem Polsterstuhl. Er hatte ja Zeit.

59. Fortsetzung

Infolge der rastlosen Umdrehung der Erde befand sich der Kommissar augenblicklich auf der unteren Seite der Kugel und spazierte mit dem Kopf nach unten – ohne sich selbstredend dessen bewußt zu sein – auf dem Gehsteig. Inwieweit waren seine Gedankenabläufe von der *Zeit* und *nicht* von der *Logik* abhängig? Hätte sich dieser oder jener Gedankenablauf auch eine ¼ Stunde später in derselben chronologischen Reihenfolge eingestellt? War z. B. sein Spaziergang ein Zufallsprodukt, bei dem die äußere und innere Bewegung seines Ich während eines Zeitintervalls eine Wahrscheinlichkeitsverteilung hatte, die nur von der Länge des Zeitintervalls abhängig war? Er stand da und versuchte über das Vergangene eine Zeitreihe aufzustellen.

60. Fortsetzung

M. stöberte in der Tischlade. Er puderte die rote, schuppige Haut seines Oberkörpers mit Talkum. Der Kommissar bemerkte den Blutfleck auf dem Laken. Aus dem Kasten verbreitete sich der Geruch von Mottenkugeln. Unbemerkt fiel ein Handtuch vom Haken.

61. Fortsetzung

»Nehmen Sie Platz, Herr Kommissar.« Der Tierhändler streichelte die Katze. Er trug einen dunklen Bart. In den Glasbottichen schwebten Fötusse. Lächelnd obduzierte er den Tierkadaver. Mit dem Holzgriff des Seziermessers verwies er auf den feinen rosa Schaum der Lungenbläschen, die filigranen Gehörknöchelchen, die bläulich schimmernde Luftröhre, die kleine rote Zunge zwischen den winzigen weißen Zähnen – ein herrliches Wunderwerk!
Später wünschte er, dem Kommissar einen Fötus zum Ge-

schenk zu machen. Potter lehnte ab, fand den Fötus jedoch, als er das Haus bereits verlassen hatte, in Zeitungspapier eingewickelt in der Tasche seines Mantels.

62. Fortsetzung

M. beugte sich über die Insektensammlung. Sein übler Mundgeruch verpestete die Zimmerluft. Potter stellte den fotografischen Apparat auf dem dreibeinigen Stativ zurecht und kroch unter das schwarze Tuch. Heimlich knackte eine Stuhllehne. Die Küchenschaben huschten die Wände auf und ab. Potter fand den gefälschten Geldschein im Spucknapf.

63. Fortsetzung

Der Hundefänger fing Hunde. Der Uhrmacher zerlegte Uhren. Der Falschspieler spielte falsch. Die Duschräume des Badehauses wurden gewaschen. Der Mann, der um die Ecke bog, hieß W. Feirzeig. Der Kommissar durchsuchte die Kirche nach dem Verdächtigen. Die dicke Staubschicht auf den Straßen begünstigte den Ausbruch von Seuchen. Der Beichtstuhl war leer. Die Sonne brannte auf die Stadt. Das Hemd klebte dem Kommissar am Körper. Der Tote hatte sich in Luft aufgelöst. Das Fenster war mit einer schwarzen Decke verhängt.

64. Fortsetzung

Der Raum war erfüllt von Verwesungsgeruch. Das Sofa war zerrissen. Das gelbe Licht warf dunkle Schatten. M. öffnete mit keuchendem Atem die nackten Schenkel des Zimmermädchens. Graugelb massig und weich hingen die Brüste bis zum Nabel. Durch die Oberlichte war ein Schnarchgeräusch aus einem der angrenzenden Zimmer zu vernehmen. Er befingerte das gähnende Geschlechtsteil. Atemlos verharrte der Kommissar hinter dem Schlüsselloch.

65. Fortsetzung

Endlich entschloß sich Potter, jemanden anzusprechen. Der Mann trug einen Wintermantel. Auf dem Kopf, der so klein

aussah wie ein Schrumpfkopf, saß eine schlaffe Baskenmütze.
Verzeihen Sie die Störung –
Ja?
Der Kommissar stand vor ihm, einem Haufen erbrochenen Gebeines. Das Gesicht war von blauer Farbe. Die faltigen Stellen unter den Augen waren so schwarz, als wären sie getuscht. Und erst die Nase! Sie maß fast dieselbe Länge wie das gesamte übrige Gehirn! Der Mann streckte ihm eine grotesk große Hand hin, ja, er nahm sogar die Mütze ab, so daß man die rote Glatze sah.

66. Fortsetzung

In den Brillengläsern spiegelte sich das Mobiliar des Zimmers. Der Augenzeuge litt an Fieber. Der Kommissar durchstöberte die Küche. In den Konserven wimmelte es von Würmern. Die höchste Kunst eines Detektives ist es, Leichen zu Scheinleben zu galvanisieren! Aus dem Ausguß krochen Massen winziger Silberfischchen. Die Jalousien konnten nur zu $^{2}/_{3}$ heruntergelassen werden. Das Messingbett war unberührt. Entsetzt weiteten sich die Augen des Hausbesorgers. Die Fliege kroch aus dem blutigen Ohr. Die Küchenuhr sonderte über die winzige Düse gelbes Parfum ab.

67. Fortsetzung

Potter hörte, wie der Mann die Treppen hochstieg. Einige Tage später entfernten sich die Schritte. Der Mann stand jedoch wieder auf der Straße, ging unschlüssig bis zur Ecke und kam zurück. Diesmal betrat er das Haus, ohne zu zögern. Eilig stieg er die Treppen hoch, bis vor die Wohnungstür. Der Kommissar konnte ihn sogar husten hören. Schon wollte er das Versteck aufgeben, da verließ der Verfolger das Haus.

68. Fortsetzung

Wo war die Perücke? Wo waren die Nachschlüssel? Wo war der Mantel? Wo war die Sonnenbrille? Wo waren die Papiere? – Es regnete in Strömen. Durch das geöffnete Fenster wurde eine verweste Katze in das Zimmer geworfen. Potter schob das Stück Papier darunter und warf die Katze, ohne sie zu berühren, in die Mülltonne. Er setzte sich zitternd auf den Schaukelstuhl.

69. Fortsetzung

NACH VIELEN JAHREN.
Der Kommisar eilte die Straße entlang. Er trug den Exhibitionistenmantel, um die Genitalregion leichter zur Schau stellen zu können. Die Assistenten lachten wie ein Schwarm Fliegen. *Zeitungsausschnitt*: Als der Kommissar gegen zehn Uhr am Promenadenplatz um die Ecke bog, kam quer über die Straße eine Gestalt auf ihn zu, zog einen Revolver aus dem Regenmantel und feuerte zwei Schüsse ab, die Potter in den Hinterkopf trafen und auf der Stelle töteten.

DER WILLE ZUR KRANKHEIT

Roman

INHALT

Die wollen doch alle, daß man Initiative hat und so entwickle ich in meiner Dunkelkammer komplette Sätze und Bewegungen, die den Eindruck vermitteln, dachte Kalb. Er drehte den Wasserhahn auf und das Wasser floß durchsichtig in seine Hand.

Da erwachte Kalb eines Morgens. Der Himmel war mit Luft überschwemmt, so daß er ganz blau war. Dann klopfte es. Kalb lag noch auf dem zerwühlten Bett. Wessely setzte sich auf den Stuhl. Als Kalb das Fenster schloß, erblickte er sein Abbild in der reflektierenden Scheibe und seine Augen sahen aus wie Spiegeleier.

Im Kaffeehaus grüßte ihn Doktor Slama. Er hatte neue Handschuhe an. Gerne zeigte er her, wie brombeerfarben sie waren. Der Rahmen vom Spiegel an der Wand war wie immer vergoldet und schon ein wenig abgeblättert. Die Serviererin kam. Sie war schwarz gekleidet, bis auf ihr Häubchen. Wessely seinerseits trug ein gelbes Hemd, das sich in der Marmorplatte spiegelte. Kalbs farbempfindliche Zäpfchen reagierten erstklassig und verkrafteten spielend die wechselnden Wellenlängen des Lichts. Kalb wartete, was weiter geschehen würde, z. B. ob der Kellner etwas aus blauem Porzellan vorbeitragen oder jemand mit sandfarbenen Schuhen an einem Tisch Platz nehmen würde, vielleicht mit einem fleischroten Binder, wie eine klaffende Brustwunde. Gleich darauf verschlang Doktor Slama eine Portion Vanilleeis. Er wußte natürlich nicht, wie sehr das Kalb freute, das heißt, das wußte eigentlich niemand.

Kalb betrachtete seinen Daumen unter der Lupe. Der Daumen setzte sich auf die Fliege. Er drückte nieder. Die Fliegenbeine wurden immer weiter auseinandergedrückt und die Flüssigkeitstropfen aus dem Körper gepreßt. Kalb streifte die Fliegenreste vom Daumen. Er wischte sie an der Fensterscheibe ab. Dann kratzte er die Fliege von der Glasscheibe, öffnete das Fenster und warf die Fliege in die Luft.

Vor Kalb der Elektrokocher – das Wasser kochte im Emailtopf –, das Salzfaß, die Paradeiser, das Küchenmesser. Kalb stand auf. Er trat an den Spiegel. Nachdem er sein Haar lange genug betrachtet hatte, stellte er fest, daß die Kopfhaut schuppig war. Kalbs Katze saß unter dem Waschbecken. Er entkleidete sich. Nachdenklich rauchte er eine Zigarette. Die Katze saß unter dem Waschbecken und starrte auf sein Geschlecht. Als er das schmutzige Wasser ausrinnen ließ, war plötzlich der Abfluß verstopft mit Haaren. Kalb trocknete die Kopfhaare ab. Die Katze saß jetzt auf der Kredenz. Kalb hängte das Handtuch zurück an den Nagel. Er putzte sich die Zähne. Er spuckte die Zahnpasta mit dem Blut, das aus dem Zahnfleisch rann, in das Waschbecken. Nach dem Rasieren rieb er das Gesicht mit Kölnischwasser ein. Natürlich hatte er sich beim Rasieren geschnitten und blutete ein wenig. Im großen und ganzen war es ihm egal. Er nahm eine kleine Nagelschere und schnitt an seinem Hühnerauge herum. Er schlüpfte in die Kleidungsstücke. Er gab der Katze die Hornhaut, die er vom Hühnerauge abgeschnitten hatte, zu fressen. Die Katze schleckte sich das Maul. Kalb stellte den Blumentopf mit der blühenden Geranie auf den Tisch und verspeiste die Paradeiser, weil es schon 10 Uhr war und er hatte noch nicht gefrühstückt.

Manchmal mußte Kalb sich wundern, wie schön ihm ein abgesplittertes Waschlavoir erschien oder eine Badewanne oder mit Ölfarbe ausgemalte Badezimmer oder zersprungene Kacheln oder schmutzige Handtücher oder gebrauchte Seifenstücke.

Er blieb stehen. Eine Auslage war vollgepfropft mit Arm- und Beinprothesen. Die Prothesen waren in naturalistischer Weise der Wirklichkeit nachgemacht, selbst die Gelenke schienen zu funktionieren. Kalb packte sich den Anblick in den Projektor und strahlte ihn ins Gehirn.
Hierauf betrat er das Mietshaus. Eine Tür öffnete sich und ein Mädchen trat heraus, mit einem purpurfarbenen Ekzem im

Gesicht. Bevor Kalb etwas hatte sagen können, war das Mädchen in einer der nächsten Wohnungen verschwunden und hatte den entzückten Kalb verlassen wie ein Traumbild.

Die Symptome von Krankheiten, schrieb Kalb, müssen als Kunstwerke betrachtet werden. Man denke an das Schauspiel, das ein Blinder bietet, wenn er mit einem Stock das Trottoir entlangtappt, oder ein Einbeiniger mit Krücken! Oder man stelle sich die Schönheit epileptischer Anfälle vor, wenn der Körper sich am Boden herumwirft, oder die Ästhetik eines Blutsturzes über ein Bettlaken! Ihm gingen im Augenblick so viele Bilder durch den Kopf: Hautgeschwüre, Gelbsüchtige, Idioten, Kretins, Wasserköpfe, Raucherbeine, Abszesse, Sklerotiker, Wassersüchtige, etc.

Schon seit dem frühen Vormittag hatte ein unbekannter Fremdkörper in Kalbs Auge eine Reizung der Hornhaut bzw. des Bindehautsackes hervorgerufen. Kalb hatte versucht, ihn unter Zuhilfenahme des Tränenflusses durch rasches Öffnen und Schließen des Auges von selbst austreten zu lassen, aber das Fremdkörpergefühl im Auge war bestehen geblieben. Daher trat er vor den Spiegel, zog das Unterlid mit einem Finger stark abwärts, faßte mit dem rechten Daumen und Zeigefinger die Wimpern des Oberlides und zog auch das Oberlid sachte abwärts. Nervös tastete er nach dem bereitgelegten Zahnstocher. Er schlug das Oberlid über den Zahnstocher nach oben um, so daß er zur Gänze das Innere nach außen kehrte. Wieder nahm er sein Taschentuch und tupfte den Bindehautsack ab. Einige Zeit später hörte das Fremdkörpergefühl auf. Kalb fand am Zipfel seines Taschentuches ein Rußpartikelchen.

Er setzte sich in den Straßenbahnwaggon. Erst jetzt wandte er seine Aufmerksamkeit der Bekleidung des fremden Fahrgastes zu. Dieser war trotz der Wärme u.a. mit einem Staubmantel bekleidet, den er im selben Moment mit einer Geste, als fröre er, enger an sich zog. Im Laufe der Fahrt fiel Kalb ein kleiner Blutspritzer – offensichtlich vom Rasieren stammend – auf dem linken Hemdkragen des Fremden auf. Sein Blick verlor den Halt und fiel klirrend zu Boden. Der Fremde drehte sich scharf um. Ob Kalb etwas wünsche? – Kalb antwortete: Nein. Er versuchte angestrengt zum Fenster hinauszublicken. Die Fensterscheibe war eingeschlagen und mit einem Pappendeckel geflickt. Durch die Ritzen drang die kupfergrüne Farbe des zusammenschmelzenden Luftgewölbes.

Fleißig produzierte sein Gehirn Gedanken und legte sie zur Ansicht vor.

Kalb war wie alle Lebewesen nichts anderes als eine chemische Maschine. Die genaue Lenkung und die hohe Leistungsfähigkeit dieser Maschine wurden durch eine bestimmte Klasse von Proteinen besorgt, den Enzymen, die die Rolle von spezifischen Katalysatoren erfüllten. Wie eine Maschine stellte auch Kalbs Organismus eine kohärente und integrierte Funktionseinheit dar. Die Sicherung der funktionellen Kohärenz dieser so komplexen und darüber hinaus autonomen Maschine machte ein kybernetisches System erforderlich, das an zahlreichen Punkten das chemische Geschehen steuerte und kontrollierte. Soviel über Kalbs Organismus.

Ein Windstoß stülpte den Regenschirm um. Kalb drückte gegen die Eingangstür. Dahinter stand Wessely. Kalbs Unterwäsche fühlte sich an wie feuchte Tücher. Wessely lachte. Der Regen ließ nach. Kalb schüttelte den Mantel von den Regentropfen ab und ging zurück auf die Straße.

Er saugte seinen Schädel voll mit den Dingen, die ihn umgaben. Er saugte und saugte, aber die Dinge lieferten ihr Abbild ununterbrochen nach, und weder das Abbild des Kastens noch das des Bettes ging zur Neige. Er öffnete den Mund. Man sah das Zahnfleisch – Kalb wußte nicht, aus welchem Epithel es bestand, aber es leuchtete sehr schön. Auf einen Einfall hin probierte er auch die Sinnesqualitäten der Haut aus und berührte die Tischplatte. Bis dann ein Glas zu Boden fiel und ein in seiner Struktur verborgenes Geräusch zum besten gab.

Kalb lehnte sich im Sessel zurück. Er verspürte die Schulterknochen. Man legte ihm die Speisekarte vor. Aber Kalb hatte kein Geld. Der Ärmel des Kellners streifte seine Hand. Kalb war ganz auf sich allein gestellt. Seine Beobachtungen mehrten sich. Der Anzug des Kellners war schwarz. Die Determiniertheit der Erscheinungen und Abläufe wartete drohend darauf, erkannt zu werden. Er schwieg. Die Worte wuchsen wie Geschwüre in seinem Kopf. Endlich ergab sich eine Gelegenheit, unauffällig zu verschwinden.

Er lag in seinem Bett. Die Wolldecke mit dem Muster aus großen Blättern fiel zu Boden. Er sprang auf und hielt seinen

Kopf über die Waschschüssel. Er betrachtete das Erbrochene und erkannte diverse Speisereste.

Ein Glas Orangenjam befand sich auf dem Fensterbrett in Kalbs Zimmer. In der Durchsichtigkeit des Gelees schwebten gelbe, pflanzlich anmutende Fruchtfasern. Lichtkorpuskel überschütteten den Schreibtisch und troffen teigig zu Boden. Ohne Unterbrechung wischten Bilder über seine Netzhaut.

Der Möbelwagen hielt an. Er sah aus wie auf Chiricos Gemälden. Kalb stand im Zimmer herum. Die Worte und Geräusche wurden von einem Echo begleitet. Kalb zog die leeren Schubladen heraus. Wo der Kleiderschrank gestanden hatte, war ein geometrisch präziser Fleck zu sehen. Auf Kalbs Lippe hatte sich eine Fieberblase gebildet. Gedämpfter Lärm drang von der Straße herauf. Kalb setzte sich auf das Sonnenlicht, das am Boden lag. Er berührte die Fieberblase mit der Zungenspitze. Die Träger schleppten Kalbs Utensilien über die Treppen und die Steinquader des Vorhausbodens.

Langsam wurde es dämmrig. Ein Pekineserhündchen starrte aus dem Fenster. Der Fleischhauer entlud blutige Kadaver. Ein Passant hatte ein spitzes Gesicht und zentimeterdicke Brillengläser, so daß die Augen darunter ganz klein aussahen.

Das sind doch alles Klassifizierungsidioten, dachte sich Kalb, als er aus dem Fenster über die Dächer der Stadt schaute.

Er hatte das Anatomiebuch geöffnet und die Abbildungen lange und unbeteiligt studiert. Später war er ins Gasthaus gegangen, um zu essen. Als er wieder auf die Straße getreten war, hatte ihn das Fräulein angesprochen. Kalb begleitete es. In der Vorhalle des Hotels befand sich eine blaugestrichene Registrierkasse. Der Portier legte den Schlüssel auf den Tisch. Das Fräulein kannte natürlich den Weg und schritt eifrig los. Kurze Zeit darauf ließ es Kalb zwei flache Brüste sehen. Eine Waschschüssel war mit Blumen verziert, daneben waren ein Handtuch und ein Stück Seife hergerichtet. Kalb stand auf. Er ließ das Fräulein sich wieder anziehen. Er schaute ihm beim Anziehen zu. Erst als das Frl. an die Tür trat, stopfte er sein Hemd in die Hose und machte sich davon.

Durch die Beugung des Lichts an sehr kleinen Wassertropfen schwebten die Wolken irisierend, mit perlmuttfarbigen Säumen über Kalbs Kopf. Kalb betrachtete aufmerksam die unentwegte Tätigkeit der Naturmaschine.

Z. B. hatte Kalb folgendes gesehen:

1. eine Frau mit einem Fahrrad, das vor einen zweirädrigen Holzwagen gespannt war. In dem Holzwagen hatten sich Wasserkübel, gefüllt mit Blumen, befunden.
2. ein Personenauto, voll mit Blumen.
3. einen Boten im Geschäftsmantel auf einem Fahrrad mit einem Blumenkranz um die Schulter.

Kalb watete durch die dreidimensionalen Bilder.

TRAUM: – das ist Kalbs Hand. Das sind die Finger. Kalb trägt einen Gummimantel. Der Hausflur zittert, als ob er von einer wackligen Filmkamera aufgenommen worden wäre. Auf dem Treppenabsatz spielen Kinder. Der Tennisball hüpft die Treppe hinunter. Kalb trat rasch zur Seite. Durch das Fenster war die gebückte Frau zu erkennen, die mit einer eisernen Gießkanne Blumen goß. Zum ersten Mal bemerkte er, daß die Fensterscheiben schmutzig waren. Die Hand ist kalt. Die Hand ist schön. Er verläßt das Haus. Vor dem Haus befindet sich eine Telefonzelle. Da wächst ja ein Haar aus dem Hals! Sein Magen gab Verdauungsgeräusche von sich. Der Körper mußte irgendwie bei ihm sein und mit ihm über die Straße gehen. Er grüßte den Medizinalassistenten Dr. Klopcic. Der Luftozean lastete schwer auf ihm. Ein weißgestrichener Pfeil an der Mauer wies den Weg. Kalb reagierte wie eine Kompaßnadel. Er eilte die Treppen hoch, überquerte den Balkon und betrat das schlechtbeleuchtete Bureau. Auf dem Pult stand eine Waage, deren Schalen zitterten, als Kalb die Tür hinter sich schloß. Daneben war ein leerer Glassturz aufgestellt. In den Regalen standen etikettierte und beschriftete Chemikalienflaschen. Unter jeder Flasche war ein Ziffernschild angeschraubt. Eine peinigende Lust, sich eines Ziffernschildes zu bemächtigen, überkam Kalb. Im selben Augenblick wurde die Tapetentür geöffnet und der bebrillte Glatzkopf fragte Kalb nach seinen Wünschen.

Ein Geräusch ließ Kalb hochfahren. Im Halbschlaf bildete sich ihm die Vorstellung, jemand habe die Tür hinter sich ins Schloß fallen lassen. Da hörte er das Husten eines fremden Menschen durch die Zimmerwände. Mit einem Schlag verstummte es. Kalb wartete auf ein neues Hustengeräusch, aber es blieb still. War der Mann an seinem Husten erstickt? In Gedanken sah Kalb das fremde Zimmer und der fremde Mensch schwebte mit dem Bauch nach oben in der Luft wie ein toter Fisch.

Kalb öffnete das Fenster. Der Himmel war gelb wie eine Zitrone. Die Blätter waren gelb wie Primeln. Das Taschentuch war gelb wie eine Sonnenblume. Das Fahrrad war gelb wie Dotter. Die Schuhe waren gelb wie Urin. Die Tapete war gelb wie altes Papier. Der Zahn war gelb wie ein Kanarienvogel.

Er betrat das Gasthaus. Ein Mann trank aus einem Teeglas, in dem sich ein Löffel befand. Seine Pupillen platzten und Kalb konnte durch die Pupillenlöcher einen Blick auf das Gehirn werfen. Dann wurde sein Körper, der natürlich größtenteils aus Wasser bestand, weggeschwemmt oder er verdampfte, und wo er an der Theke gestanden hatte, lag nur ein Zigarettenstummel.

Kalb ging wieder hinaus. Der Postwagen hinterließ einen Kondensstreifen. Die Vögel zogen bunte Kondensstreifen hinter sich her. Die Kondensstreifen blieben, ohne sich aufzulösen, in der Luft stehen. Natürlich sonderte auch der Hydrant unentwegt rote Farbe ab und pumpte sie in die Luft. Kalb setzte sich in der Imbißstube auf einen Hocker. Er dachte daran, wie das Medikament in seinem Körper kreiste.

Er sah sich nach einem Friseur um. Schließlich fand er einen kleinen, altmodischen Laden. Er trat ein. Die zufallende Tür unterbrach ein Gespräch zwischen dem Mann im Frisierstuhl und der blonden Frau, die ihm die Haare schnitt. Gerade hatte die blonde Frau ihre Arbeit beendet, als Kalb – nachdem er den Mantel ausgezogen hatte – sich auf einen Wartesessel setzen wollte. Kalb nahm im Frisierstuhl Platz. Er erblickte sich im Spiegel. Der Spiegel war fleckig. Die Frau, die nach

Kölnischwasser duftete, fragte Kalb nach seinen Wünschen. Sie stand unter der Neonleuchte und verströmte einen bleichen Schimmer. Kalbs Sinnesorgane saugten sich an ihr fest wie Polypenarme. Das weiße Plastiktuch wurde um seinen Hals geschnürt. Kalb fühlte die Hände der Frau. Auf der Etagere aus Porzellan standen Fläschchen, Flacons, Gefäße, Tiegel, eine Dose Haarfett. Er saß still und lauschte dem Klappern der Schere. Als die Friseuse fertig war, bezahlte er und ging an die Luft. Sein Hals juckte von den kleinen Haaren, die ihm trotz des Plastiktuchs in den Nacken gerutscht waren. Er öffnete den obersten Hemdknopf. Er befand sich vor einer Toreinfahrt und trat neugierig näher, so daß er den gesamten Hof überblicken konnte. Dort wurden Autos gewaschen. Eine Obstkiste wurde aus dem Wagen herausgehoben und auf das Straßenpflaster gestellt. Er machte kehrt und ging zum Friseurladen zurück.

Plötzlich kam eine Reinigungsmaschine angefahren. Sie kroch mit hohem, singendem Geräusch auf Kalb zu, als wollte sie – ihrer Beute sicher – sich langsam über ihn stülpen. Kalb drückte sich an die Hauswand. Hypnotisiert starrte er die Maschine an. Er fühlte sogar die Wärme, die von ihr ausging, als sie an ihm vorüberfuhr.

Er lief ein Stück. Die Lungen pfiffen. Das Gehirn, der Gegenwartsautomat, steuerte Kalb über den Asphalt.

Auf dem Heimweg kam er an einem erleuchteten Fenster vorbei. Durch den schmalen Spalt der zerschlissenen Vorhänge gewahrte er einen Mann und eine Frau in körperlicher Umarmung. Eine kalte Lust der Überlegenheit packte ihn so heftig, daß er kein Auge abwenden konnte. Plötzlich drehte sich der Mann zum Fenster hin und glotzte Kalb mit wahnsinnigen Augen an, wortlos, mit offenem Mund.

Seine Hand berührte das Stiegengeländer. Er hörte den Hund der Hausbesitzerin in der Dunkelheit bellen. Er blieb stehen und atmete aus unerklärlichen Gründen verhalten, als würde er belauscht und dürfe seine Anwesenheit durch kein Geräusch verraten. Er stieg die Treppe ein Stück höher. Er bemerkte, daß sich seine Hosenstulpen bewegten.

Sein Blick glitt im Sturzflug über den Gehsteig. Auf dem Boden lag eine zerknüllte Zigarettenpackung. Wenig später stürmten Schulkinder auf die Straße. Einem der Kinder liefen Tränen über die Wangen, es sah irgendwie lächerlich aus, vor allem wegen des Matrosenanzugs. Kalb sagte kein Wort. Trotzdem blickte das Kind ängstlich zu ihm auf. Kalb ließ das Kind stehen. Er betrat die Schule. Am Gang waren Plakate befestigt, die verschiedene Früchte und Blumen mit erklärender Unterschrift zeigten. Er ging zurück auf die Straße. Das Kind stand mit gesenktem Kopf auf der Straße. Geräuschlos prallte das Sonnenlicht auf die Straße. Im geparkten Auto saß eine Frau. Sie beobachtete Kalb argwöhnisch. Kalb hielt an und sagte irgend etwas zu dem Kind. Das Kind reagierte nicht. Er nahm einen Geldschein aus dem Hosensack und hielt ihn dem Kind hin. Daraufhin kurbelte die Frau die Fensterscheibe hinunter und schaute Kalb mit einem Blick an, als wolle sie ihn im nächsten Augenblick ansprechen. Kalb steckte den Geldschein ein, blieb aber weiterhin stehen. Die Frau behielt ihren Blick bei, ohne jedoch wirklich zu sprechen. Endlich drehte sich das Kind um und ging weg. Kalb ging in die andere Richtung. Er beachtete die Frau im Auto nicht mehr. Er kam an einem Blumenstand vorbei. Er machte einen tiefen Atemzug. Er stellte sich vor, ein Detektiv zu sein. Für einen kurzen Moment spiegelte er sich in der Sonnenbrille eines Passanten.

Unspürbar entstanden und vergingen Ketten von elektrischen Impulsen in Kalbs Kopf. Dinge bildeten sich in seinen Augen ab, verkleinerte Abbilder der Gegenstände, flossen weiter, wurden erkannt, von Assoziationen assimiliert und in ein System eingeordnet.

Der Kasten war geöffnet. An der Innenseite der Kastentür war ein Bündel Krawatten zu sehen. Auf dem Boden des Kastens lag Schmutzwäsche. Kalb saß hingestreckt auf dem Stuhl. Er trug saubere Schuhe. Er rauchte eine Zigarette. Die Haut sonderte ihn wie Isoliermasse von der Außenwelt ab.

Wie ertrug Kalb die unabgeschlossenen Ereignisse in seinem Gehirn? Die Wortfragmente, die ununterbrochen von seinem Ohr aufgefangen wurden, die Aufnahmen von persönlicher Zeit, Stücke aus Geschehnissen, Ausschnitte aus Ereignissen? Was ließ ihn diese ununterbrochene Serie von Fragmenten ertragen? Was ließ ihn diesen quälenden Zustand als normal empfinden?

Die Straßennamen kamen ihm gespenstisch vor. Von den Häusern fiel Verputz. Er betrat die Papierhandlung. Er kaufte ein Dutzend Briefkuverts und einige Briefmarken und steckte die Marken in die Umschläge. Dann bezahlte er und verließ das Geschäft.

Das Gold der Musikinstrumente blitzte aus der Auslage. Er vergrub die Fäuste im Mantel. Seine Lippen waren rot. Seine Lippen waren merkwürdige Häute. Er fragte nach der Toilette. Die Hose kauerte auf den Unterschenkeln, das Gesäß war nackt. Er onanierte und ging wieder hinaus. Auf dem Waschbecken lag eine Rasierklinge. Das Licht war so fein, so kunstvoll verstreut, so ein daunenweiches, sanftes, so ein rundes, glattes Gewebe, daß er ganz gerührt war. Er blieb auf der Brücke stehen und starrte in den Fluß. Der Wind durchsickerte seine Bekleidung ... die Menschen waren Plasmahäute, die zusammensackten und herumlagen wie Ketchup.

Der Passant mit den Froschkopf drehte sich nach ihm um. Sofort erkannte Kalb das Lymphosarkom auf seinem Hals. Das Politzerverfahren (Adam Politzer Otol., Wien 1835 bis 1920) ist etwas anderes, u. zw. handelt es sich dabei um eine sogenannte Luftdusche bzw. eine Lufteinblasung durch die Nase und Tube ins Mittelohr mit Gummiball, während das andere Nasenloch zugehalten und der Nasenrachenraum durch Schluckbewegung oder Intonieren abgeschlossen wird. Kalb spuckte aus. Er produzierte 1 bis 2 l Speichel pro Tag (der Speichel besitzt leicht bakterizide Eigenschaften: ph 5-8, spezif. Gewicht 1002 bis 1012). Selbst der Himmel war schwarz geworden und gangränartig aufgebrochen, und es kam zu flüssigen Ausscheidungen. Der Mann mit dem Froschkopf war verschwunden. Kalb zog den Mantel aus und hängte ihn vorsichtig auf einen Kleiderhaken. Die Frau sah ihn mit großen, entzündeten Linsen an. Sie hatte etwas Okkultes an sich. Sie schob ihm die Tasse Kaffee über den

Tisch. Das Stück Zucker verschwand im Kaffee. Kleine Bläschen. Er atmete die Fensterscheibe an, so daß sie sich beschlug.

Die Frau ließ ihn in das Zimmer eintreten. Kalb setzte sich auf das Bett, das sich unter seinem Gewicht bog. Die Frau hatte melancholische Augen. Das Zimmer sah aus, als nistete Ungeziefer in den Ritzen. Auf dem Nachtkästchen lag ein Stück angebissener Käse, den jemand vergessen hatte. Von Kalbs Gesicht ließ sich nicht das geringste ablesen. Er saß da, wie eine Amöbe. Der Körper war sanft und seidig. Die Muskulatur der Beine spielte. Sie lag auf dem Bett, ein violettes Seetier. Kalbs Kleidung war vollständig schwarz. Er spürte die Schläfen. Er spürte das Haar. Kleingeld klimperte im Rock, als er ihn über die Lehne legte. Die Nervenenden ragten aus der Haut hervor, Milliarden winziger Wunden.

Blumen, nein, gepflückt, schob ihm die Zunge in den Mund, zerbrach, Blut ging dann hinüber und war schon aber im Fenster hoch am Plafond und war schon immer im glühendweißen, harten und zersprungenen Zahnfleisch, darunter die Knochen, hatte rübergeschubst oder gerempelt, aufgebogen, dann Hut in der anderen Hand, den Schlips ... äh ... rüberschlubst ... äh ... war doch, war doch nicht im entferntesten, nicht.

Auf dem Teller lag eine Zwetschge. Die Flasche gab ein Geräusch von sich, als der Korken herausgezogen wurde; er zog das Taschentuch heraus und putzte den Sessel, bevor er sich setzte. In der Zwetschge befand sich ein ellipsenförmiger Zwetschgenkern. Kalbs Lippen wurden blitzschnell von einem Lächeln umspielt. Die Harnblase brannte. Klopfte es an die Tür? Verbogen sich die Zimmerwände? Er hatte zu viel geraucht. Der Sprung in der Decke. Der Brandfleck im Tischtuch. Die Speisereste am Tischtuch. Durch die Wand hörte er einen Staubsauger summen. SCHILDERUNG: Er knöpfte den Hemdkragen auf. Er knüpfte die Schuhe auf. Er öffnete die Augen. ENDE DER SCHILDERUNG.

Er starrte die Innenfläche der Hand an. Er öffnete die Sardinenbüchse. Er wickelte die elastische Binde vom Fußgelenk. Langsam wurde der Wassertropfen immer größer und dehnte sich aus dem Hahn. Im Botanischen Atlas befand sich das Bild einer großen, grünen Pflanze, grünes Gerunzel, grüne Haut, grünes Fleisch. Als er die Flasche aus dem Kühlschrank holte, rollten Frosttropfen über das Glas. Das mehrere Meter breite Blumenfeld war schon ganz weiß. Auf der Fläche dort friert Parfum. Er drehte den Gashahn auf und hielt das Zündholz über den Brenner. Er blätterte im Buch. Die Zehen waren gerötet und geschwollen. Da die Sesselbeine nicht gleich lang waren, wippte er bei jeder Bewegung. Er beugte sich vor, schnitt die Zitrone auf und besah sich die Geometrie des Querschnitts. Er preßte die Zitrone auf den Sardinen aus. Er hustete: Die Bronchien zogen sich zusammen, die Alveolarien zitterten in Krämpfen, und der Husten kollerte das Fenster hinunter und knatterte auf den Trommelfellen der Hausmeisterin.

Er bestaunte die Luzidität des alltäglichen Schnapsglases, die bizarre metaphysische Stimmung, die es in ihm auszulösen vermochte. Wie von einem Akrobaten plaziert stand es auf dem Tisch und sabotierte für kurz seine erfinderische Denkkraft. Er stellte es mit genußvollem Ekel zu Boden. Müdigkeit ließ ihn ein wenig das Gleichgewicht verlieren. Er tat einen Schritt nach vorn. Wie vermochte dieses zufällig in seinem Blickfeld aufgetauchte Schnapsglas seine Denkkraft und seinen Willen zu manipulieren, daß er seinetwegen sogar eine *Bewegung* ausführte? Aber war nicht auch der Stuhl, auf dem er saß, ein Mysterium? Oder der Türstock? In seinem Kopf blühte giftiges Nachtschattengewächs, betäubte sein Gehirn, machte es schlaff wie toten Tintenfisch. Er ging hinunter und verlangte zwei Schweinsnieren beim Fleischer. Der wickelte sie in Zeitungspapier ein und drückte sie ihm in die Hand, kaltes Fleisch. Kalb steckte sie ein. Die Außenwelt saß wie ein Jockey auf seinem Gehirn und straffte die Zügel. In einer Auslage posierte eine riesige rote Languste. Sie starrte mit kleinen schwarzen Augen ins Nichts. Kalb durchbohrte jeden Augenblick eine neue Zeitfolie. Waren es Phantasmagorien, die ihn bestürmten, war es Realität? Der Herr mit dem blauen Hut war der berühmte Utopist Seuter, der beim Lachen einen Kiefermuskelkrampf erlitt. Kalb begleitete ihn ein kurzes Stück, wußte aber auf die drängenden Fragen Seuters keine Antwort. Schließlich verabschiedete er sich. Kalb sah, wie er die Apotheke betrat. Er griff nach dem Fleisch im Mantelsack. Mit einem vulgären Gefühl der Kälte und Schlaffheit antwortete die Realität auf Kalbs Berührung. Kalb nahm die Hand aus der Manteltasche. Er fühlte das Gewicht der Schweinsnieren, das seinen Mantel nach unten zog.

Kalb genoß die Seltsamkeit, die in ihm ausgelöst wurde, wenn er ging und seine Wahrnehmung mit der Berührung der eingesteckten Tierorgane verband. Der Mann vor ihm zum Beispiel war ein weißes qualliges Ungeheuer. Kalb konnte, wenn er wollte, mitten durch ihn hindurchgehen, wie durch eine erfundene Dekoration. Sein Blick war glitschig und die Dinge entschlüpften ihm, ohne daß er sich über ihre Bedeutung Rechenschaft gab.

Dann durchschoß ihn ein elektrischer Stromstoß. Totale Physik. Epileptische Bildfolge. Die Sonne hing wie ein Kronleuchter herunter. Er betrachtete die Geldscheine, zählte nach. Infrarotes Papier, indigoblaue Scheine, ultramarinblaue Wasserzeichen. Sein Fleisch hing an ihm herunter. Die Drüsen zuckten oder vibrierten oder es ging vom Kleinhirn aus. Er lehnte sich an den Baum. Sein Bewußtsein war ja nur so ein Transformator. Das Wetter kam runter und lag schlaff herum. Kalb schwemmte das mit seiner Wahrnehmung einfach vor sich her: Bäume, Häuser, Spaziergänger, Fahrzeuge. Seine Milz fügte sich geschmeidig in seinen Körper ein, produzierte unverdrossen Lymphozyten, Schutzstoffe und dgl. Da durch denselben Reiz nacheinander verschiedene Stellen der Netzhäute gereizt wurden, erschienen die Gegenstände bewegt.

Natürlich besprayte auch die Zeit seine Wahrnehmung. Kalbs Plomben waren von Grünspan befallen und magnetisch. Aus den Tonsillen strömte Fäulnis. »Gnädige Frau, Sie haben ja ein Loch im Strumpf!« – Kalb lachte wie ein Frigidaire. Die Frau beugte sich erschrocken nach unten. Er betrat das Telegrafenamt. Tintenspritzer an der Wand, die aussahen wie kleine Fischchen. Er stand auf und ging hinaus. Er erzeugte Veilchenduft, Beethovenduft, Spiegelduft, Nelkenduft. Er blieb stehen und urinierte an die Hauswand.

Dann kam so ein besoffenes Albino mit roten Augen daher, war artig wie Thomas Mann und trat zur Seite, um Kalb vorbeizulassen. Kalb fand, daß er intelligent aussah. (Die beruhigende Wirkung, wenn sich die Dinge fortlaufend innerhalb ihres normalen Kontexts befinden!) – Das Gesicht war ganz aus Quittengelee. Er hatte Druckerschwärze im Mund aufgespeichert und setzte eine Sprechblase in die Luft. Kalb ließ sich auf ein Gespräch mit ihm ein. Er ging zur Anatomie zurück. (Einen Stock darüber befindet sich das Physiologische Institut, wo man den Fröschen mit einer Schere den Kopf abschneidet, nachdem man sie vorher an den Hinterläufen gepackt und mit dem Kopf gegen das Waschbecken gehaun hat.) Er genoß seine halluzinatorische Perspektive, den Augenblick von gläsernen chemischen Geräten in der Auslage eines Geschäfts. Mit einer eleganten Flossenbewegung änderte Kalb die Richtung und schoß unter das Pergamentlaubwerk der Kastanienbäume.

Er befühlte wieder die Schweinsnieren in der Manteltasche. Und schon spülten rauschende Teslaströme sekundenweise Momentaufnahmen vor sich her. Die Musik spülte seine Ohren mit scharfem, ätzendem Blut aus und das Blut rann aus seinen Ohren. Das Auge glänzt. Lackiertes Glas. Die Ader schwingt sich sanft rosaviolett aus dem Handrücken. Der Speichel gefriert, das Salz zerfrißt die Tränensäcke, die Zunge schwillt. Aber die Ursachen brachten stets eine Serie verschiedenster Wirkungen hervor. Jetzt platschten die Minuten schon seit dem Morgen immer auf dieselbe Stelle seines Kopfes.

Hinter der nächsten Ecke stand der Rentner Schuller, einen Arm in der Schlinge, mit dem Gesicht eines traumwandelnden Engerlings, und schnappte nach Sauerstoff. Kalb zersplitterte die dünne Fläche, die sich über seinen Gedanken gebildet hatte, tauchte auf und fand sich stürzend vor des Rentners Schuller Beinen, der verdutzt anhielt. Ohne irgend etwas zu äußern, putzte er seine Hose ab.

Kalb pilotierte Kalb sanft zwischen den Häuserwänden. Im Sonnenlicht zeigte er seine smaragdgrüne Schönheit wie eine große Anemone, seine Tentakel schwebten, von einem carotinähnlichen Pigment verziert, locker in der Luft, ein leuchtender organischer Zerfallspartikel. Er bestellte eine Portion Salat und der fleischige Kelch des Magens schloß und öffnete sich.

Fortlaufend stimulierte ihn die Umwelt. Das schwächliche Fußgelenk war gut bandagiert. Er fand in der Kredenz die Teekanne.

Er klopfte an die mit farbigen Glasscheiben verzierte Tür der Hausbesitzerin. Die Frau öffnete. Kalb blieb in der Tür stehen. Er sah zu, wie der Hund die Schweinsnieren verschlang, die er ihm vorgeworfen hatte. Dabei trat die Hausbesitzerin so nahe an ihn heran, daß er durch ihre dünne Behaarung die rötlich schimmernde Kopfhaut sehen konnte.

Er nahm die Teekanne vom Herd. Auf der Straße ging ein kleines Mädchen vorbei, eine Schleife im Haar, am Arm eine Violine. Das Mädchen zog sich im Gehen die Haut über den Kopf, ein langes blutiges Laken, und stand in glänzender Pracht im Rinnsal. In Gedanken schoß Kalb als Eisvogel auf das Mädchen herab und pickte winzige Portionen Fleisch aus dem lebenden Körper.

Die Schachtische im Park waren noch aufgestellt, jedoch war keiner der Spieler zu sehen. Kalb suchte das nahe gelegene Kaffeehaus auf, wo er zwischen Antiquitäten, Plüschsofas und Sesseln, Porzellanvasen, einem Klavier und ornamentreichen Tapeten die gesuchten Schachspieler fand. Kalb beobachtete die nervösen Finger, die nach den einfachen Holzfiguren griffen, die Uhrhebel geräuschvoll niederdrückten oder in der Luft zaudernde Greifbewegungen ausführten, bevor sie sich zu einem Zug entschließen konnten. Leidenschaftslos und neutral richtete er seinen Blick auf die Spieler. Ein Hut lag auf dem Tisch, daneben eine Dessertgabel. Einer der Spieler machte eine Bemerkung mit »ich« und bezog sich dabei auf sich selbst. Die anderen verstanden ihn fließend. Kalb tastete mit der Zunge im Zahnloch. Der Spieler, der gesprochen hatte, zeigte plötzlich sein Negativbild, ohne daß jemand eine Bemerkung fallen ließ. Er saß auf dem Sessel wie eine Materialisation, wie weißes elektrisches Licht. Kalb hielt das für einen mathematischen Prozeß, körperliche Algebra, eine physiologische Integralrechnung. Er war allein mit seinem Medikamentenfläschchen und seinen Eingeweiden. Der andere lag als ein großer blattförmiger Leberegel auf dem Tisch und schmarotzte in den samtweichen Gallengängen der herumstehenden Zuschauer, von deren Blut er sich nährte. Sein Atemloch war auf eine luxuriöse Weise verschließbar. Die Augen stießen bei jedem Zug des Gegners hervor und bildeten zwei blitzschnell anschwellende Schleimröhren. Seine Fingernägel bestanden aus konzentrischen Schichten von Perlmutt, die Ohren flatterten lautlos, aufmerksame Flimmertrichter. Wenn man ihn reizte, verbreitete er einen blendenden, wolkenartigen Leuchtstoff, der die Zuschauer erstarren ließ. Kalb spazierte zurück zum Park. Ein angebissener Apfel lag auf einem der Schachtische. Er war an der Bißstelle schon ganz braun geworden.

Später folgte er einer Frau, die er beim Herumstreunen angesprochen hatte. Ihr Gesicht war aufgeschwemmt, ihr schwangerer Körper unförmig. Sie schloß die Vorhänge. Kalbs Glied war eine gefühllose Eisnadel. Er bezahlte mit einer Wolke lila Briefmarken, die durch einen Windstoß bis zum Plafond aufgewirbelt wurden und langsam auf den geschwollenen Bauch der Frau flatterten.

Er winkte einem Taxi. Eine Weile ließ er sich ziellos herumchauffieren. Er stieg aus. Er drehte den Türknopf zu seinem Zimmer. Er tastete nach dem Lichtschalter. Die Flasche Tinte fiel zu Boden. Sie zerplatzte zu einem blauen Fleck. Kalb stand gelähmt davor, ein Geheimagent mit einem angina pectoris Anfall. In einer Vase blühte eine Orchidee, die unberührt ihr herrliches Gekröse entblößte. Er setzte sich an den Tisch und löffelte das weichgekochte Ei aus. Er ließ die ausgeleerte Hülle auf dem Tisch liegen.

Schon am frühen Morgen ging er wieder auf die Straße. Das Café hatte soeben geöffnet. Die Luft schmeckte süß. Zufällig berührte er die eiskalte Platte des Marmortischchens. Er dachte an die Eihülle auf dem Tisch in seinem Zimmer. Seine Reflexionen waren als kunstvoller Kontrapunkt in den laufenden Strom der Realität gesetzt. Durch die Glasscheibe konnte er in das gegenüberliegende Schaufenster eines altmodischen Miedergeschäftes sehen, in dem sich nur ein einzelner Büstenhalter auf einem Metallgestell in der sonst leeren, von Spitzenstoffen verzierten Auslage befand. Er genoß die eigenartige Partitur zufälliger Wahrnehmungen.

Um seine Phantasie anzuregen, spazierte er zur Pfandleihanstalt. Die Straße führte bergab. In der Feinkosthandlung waren Fleisch und Wurstattrappen ausgestellt. Eine Platzanweiserin lüftete ein Kino und sprühte Lysol über die aufgeklappten Sitze.

Er spürte das nackte Fleisch des Gaumens. Ozon flimmerte. Er drehte sich um und ließ seine Augen pulsieren. Die Meteorologie bewies ihre Supraleitfähigkeit, indem sie die Luftfeuchtigkeit verringerte. Ein heller Tag. Er stand vor der Pfandleihanstalt. Die Zeit prallte gegen ihn und durchsickerte ihn langsam. Der irrationale Wirbel in seinem Kopf äußerte sich in einem Aneurysma, das einer Fruchtblase ähnlich aus seinem Schädel wuchs und mit Helium gefüllt einer schwebenden Glasglocke glich. Er versetzte die Taschenuhr. Er benahm sich wie ein müder Trottoirdetektiv. Das Fieber nistete im Hemd, in den Schuhen, in den Knochen, in den Banknoten, im Spirituosenatem, im Bändchen Erzählungen von Edgar Allan Poe, das er mit dem Geld für die versetzte Uhr gekauft hatte. Er ging am Stundenhotel vorbei. Die Leintücher rochen nach Essig. Er las die angeschlagenen Gesetzesblätter. Er sah einen Passanten mit pockennarbigem Gesicht. Er folgte ihm bis zum Friedhof. Er sah, wie er eine Blechbüchse mit Wasser füllte und langsam zwischen Grabsteinen entschwand. Er wartete. Er blätterte im Buch, er las einige Zeilen. Niemand kam. Er steckte das Buch ein. In einem Zinkeimer befanden sich faule Pflanzen, Blumenreste, rosa Kreppapier. Dann sah er den pockennarbigen Mann auf sich zukommen.

Der Mann bog nach links ab. Kalbs Gehirn zeigte sich als ein mimosenhafter Filter. Er folgte dem Pockennarbigen wie ein

Morphinist. Ein Gefühl der Fremdheit befiel ihn. Ebenso unvermutet, wie er die Verfolgung begonnen hatte, brach er sie ab. Er setzte sich auf eine der Bänke, die entlang der Straße aufgestellt waren und las die Geschichte »Dr. Thaer & Prof. Fedders«. Er konnte die Geschichte nicht zu Ende lesen, da er bald die Kälte der Bank durch seine Hose fühlte; seine Gedanken kamen jedoch vom Gelesenen nicht los. Im Gehen begann er die Geschichte weiterzulesen. Das Lesen wurde jetzt dadurch erschwert, daß bei jedem Schritt die Buchseite erschüttert wurde und die Augen den Halt verloren. Daher hielt er zwischendurch immer wieder an, um einen Absatz oder eine Zeile zu beenden. Als er die Geschichte gelesen hatte, spazierte er zur Buchhandlung zurück und tauschte das Buch mit dem Hinweis um, daß er es jemanden habe schenken wollen, der es – wie es sich jetzt herausgestellt habe – bereits besitze.

Er ging zur nahe gelegenen Stadtbibliothek. An der Garderobe mußte er seinen Mantel abgeben. Das Licht fiel milchig durch die Decke aus trüben Glasscheiben in den Lesesaal. Die an geschwungenen Eisenhaken von den Wänden ragenden Beleuchtungskugeln sahen aus wie gestochene, an den Nervenfasern hängende Augäpfel eines riesigen, blutleeren Fisches. Neben dem Eingang saß ein Aufsichtsbeamter und spitzte einen Bleistift. Aus unerklärlichen Gründen begann Kalb sich dafür zu interessieren, wie wohl seine Stimme beschaffen sein mochte ... und wie würde er auf dieses oder jenes Wort reagieren? Kalb trat an ihn heran, war aber durch das vorangegangene Schweigen nur zu einem Flüstern fähig. Der Aufsichtsbeamte blätterte in einem Bündel Entlehnzettel, er antwortete Kalb, daß das Werk entlehnt sei, und wandte sich wieder seinem Bleistift zu.

Kalb setzte sich. Die Beleuchtungskugeln erschienen ihm jetzt als magische Glaswesen einer kalten mechanischen Objektwelt. Sollte er sich erheben, durch die Bibliothek schlendern und seinen Mantel verlangen? Oder war es besser, wenn er auf seinem Sessel sitzen blieb und sich seinen Gedanken hingab, bis er genügend Abstand zu dem Vorgefallenen gewonnen hatte und seine Kaltblütigkeit wiederhergestellt war? Mit einem Ruck erhob er sich. Er ging zwischen den langen grünen Holztischen hindurch. An der Garderobe verlangte er seinen Mantel.

Er löste in dem Non-Stop-Kino, an dem er zufällig vorübergekommen war, eine Karte. Die Platzanweiserin wies ihn in eine halbbesetzte Reihe ein. Er setzte sich so, daß sich nur rechts von ihm ein Unbekannter befand, links von ihm jedoch niemand. Er wechselte die Geldbörse von der rechten in die linke Rocktasche. (Er wollte sichergehen, daß sie ihm nicht gestohlen werden könne.) Seinen Mantel hatte er inzwischen schon über die Lehne des Vordersitzes gelegt. Der Film handelte von einem Fotografen, der überraschenderweise in einen Mordfall verstrickt wurde.

Nach der Vorstellung taumelte er aus dem Kinosaal, sein Gehirn schillerte dunkelviolett. Er hielt vor dem Schild
Dr. S. Hoff
Facharzt für Haut- und Geschlechtskrankheiten
an. Er betrat das Haus und setzte sich auf eine Stiege. Der Film ging ihm im Kopf herum. Er stieg die Treppen zur Praxis des Arztes hoch. Er läutete. Daraufhin war ein Summen zu hören. Kalb drückte gegen die Tür. Sie ging auf und er befand sich in einem Wartezimmer, in dem zwei Männer und eine Frau herumhockten. Aus ihren Nasen führten Gummischläuche, die Augen glotzten wie rosige Knorpel. Wieder fiel Kalb der Film ein. Eine Krankenschwester trat auf ihn zu, das Gesicht von Paraffineinspritzungen verwüstet, die Hände jedoch im krassesten Gegensatz dazu zart und glatt wie chinesisches Elfenbein ... »Haben Sie einen Krankenschein?« Kalb antwortete, daß er nur aus Neugier geläutet habe, und verschwand, bevor ihm Unannehmlichkeiten erwachsen konnten.

Er fuhr mit der Straßenbahn in einen Außenbezirk. Während der Fahrt starrte er auf die Straße. Er befingerte eine merkwürdige gefühllose Drüse unter dem Ohr. Er stieg aus. Über einen Bretterzaun sah er einen Mann, der einem Hasen das Fell abzog. Kalb schaute dem Mann zu, bis er geendet hatte. Der Hase hing jetzt rot und nackt wie eine Frühgeburt an einem Ast. Das Unerwartete spuckte immer wieder neue Bilder aus.

Rechter Hand tauchten die düsteren Gebäude der Lungenheilanstalt auf. Ein Bursche in Anstaltskleidung stand auf dem Kiesweg. Kalb beobachtete ihn aus den Augenwinkeln, tat jedoch im übrigen so, als bemerkte er ihn nicht. Der Bursche begleitete Kalb auf der anderen Seite des Zaunes. Vor dem Haupteingang machte er kehrt und schlenderte über die Wiese. Kalb folgte ihm. Er betrat das nächste Gebäude und spähte durch eine angelehnte Tür. Die Tür führte in einen Hörsaal, in dem sich eine große Anzahl von Stühlen befand, die mit ihren gleichartigen Sessellehnen und hohen Beinen ein surreales Muster bildeten. Er setzte sich nieder. Nach einigen Minuten fühlte er eine quälende Unruhe und verließ den Hörsaal durch die angelehnte Tür.

Gegen Mittag kam er an einem Gasthaus vorbei. Das Küchenfenster war geöffnet. Auf einem Tisch lag blutige Leber; verschiedentliches Gemüse, das entfernt menschlichen Innereien glich, war über ein Holzbrett verstreut. Er stellte sich vor, die Überreste eines grausamen Kriminalfalles zu betrachten.

Er wollte nicht mehr allein sein. Er löste seine Uhr in der Pfandleihanstalt aus. Er suchte die Wohnung der schwangeren Frau auf. Er klopfte. Niemand öffnete. Er stieg die Treppen hinunter und wartete vor dem Haus. Er ging in den Park, der auf der gegenüberliegenden Straßenseite lag, kam wieder zurück – noch immer öffnete niemand. Er zog die Uhr heraus. Die Taschenuhr zeigte dieselbe Zeit wie die Armbanduhr. Er hatte sie erst am Morgen gleichgestellt. Er legte sie an die Ohren. Er wollte feststellen, ob die Tickgeräusche einander überschnitten. Zu seiner Überraschung stimmten die einzelnen Tickgeräusche in einer bestimmten Phase überein, in einer anderen jedoch nicht. Plötzlich verlor er das Interesse und steckte die Taschenuhr ein. Er ging zurück in sein Zimmer. Er beobachtete die Tauben, die wie Gegenstände am Fenster vorbei in die Tiefe stürzten, ohne einen Laut von sich zu geben. Man hörte nur ein leises Knattern, wenn sie die Flügel aufspannten, um den Sturz abzufangen. Auf ein tiefer gelegenes Dach, das Kalb vom Fenster aus sehen konnte, hatte der Wind Hunderte von gelben Blättern geweht. Ab und zu wurde eine Handvoll über die Dachrinne getrieben und wirbelnd in die Luft geworfen.

Er setzte sich auf das Bett. Er legte die Zigarettenschachtel vor sich auf die Decke. Er starrte sie an, bis sie ihm fremd wurde. Sein Bewußtsein unterlag einem ungeordneten Strom von Wahrnehmungen und Gedanken. Das Mobiliar schwebte frei und schwerkraftlos im Raum. War das die Kategorie Materie? Äußerte sie sich in nichts anderem als in einem schockhaften Aufblitzen? Es war, als läse er ein selbstverfaßtes Traumprotokoll.

Die flackernde Trunkenheit hieß ihn die Orchidee anglotzen, die zu welken begonnen hatte. Er füllte frisches Wasser nach. Aus einem wirren Bücherhaufen zog er einen Band Baudelaire. Die Sonne tropfte durchs Fenster.

Die Physiognomie der Gegenstände berührte ihn, ließ ihn die schwüle Luft vergessen, verwickelte ihn in eine Konspiration. Wie klein doch das Zimmer war! Der Kastenschlüssel aber erschien unverhältnismäßig größer als der Kasten selbst. Er war der Pathologe, der sich seiner Augen als Skalpelle bediente. Er dachte an den Februartag, an dem er den ersten Anfall von Migräne erlitten hatte. Die Orchidee wurde inzwischen vom Sauerstoff syphilitisch verfault und sackte mit jeder Zehntelsekunde mehr in sich zusammen. Noch immer war sein Gefühl der Materie gegenüber ein konspiratives. Die magischen Parkettleisten z. B., in welchen stets Kälte gefangen war, bestaunte er mit wachsender Bewunderung.

Er sammelte Wahrnehmungen, wie ein Lumpensammler.

Der Wein duftete. Sein Kobaltblick stach in Form zweier spitzer Nadeln durch den Raum. Der kadmiumfarbene Billardtisch war gebogen, die Elfenbeinkugeln prallten mit einem hohlen Geräusch gegeneinander. Der Ober stellte ein Glas Wasser vor einen der Gäste. Sogleich imitierte Kalb den signifikanten Schwung der Armbewegung des Obers, indem er einen Schluck trank. Sein Verstand arbeitete hellwach mit weitgeöffnetem Fokus, während sein Körper träumte. Er nahm die Partikel um sich wahr und klebte sie im Gehirn zusammen. Er fixierte die Kasse neben der Theke so lange, bis die gußeiserne Hülle zersprang und die Mechanik, die durch die Tasten in Bewegung gesetzt wurde, sichtbar wurde. Er halluzinierte Wirklichkeit.

Er setzte sich auf einen Stuhl. Durch die Körperverlagerung geriet die wäßrige Flüssigkeit in seinen Gleichgewichtsorganen in Bewegung und übertrug feinste Reize auf die Innenhaut und die Sinneshärchen des Vestibularapparates. Das war angenehm. Er wiederholte die Bewegung. Der Billardtisch glitt in sein Blickfeld und mit ihm das Obst, das wie lackiert in einer Schale auf einem der Kaffeehaustische lag.

Ein Gefühl der Balance zwischen Wachsein und Traum hatte sich seiner bemächtigt. Er trat an den Tisch eines Gastes und forderte ihn auf, ihm das Glas zu reichen. Der Mann blickte ihn erstaunt an und griff nach dem Glas. Im gleichen Augenblick ohrfeigte ihn Kalb. Der Gast sprang empört auf. Kalb machte keine Anstalten zu fliehen oder ihn erneut zu ohrfeigen. Man warf die Rechnung auf den Tisch. Kalb bezahlte. Der Geohrfeigte rief nach der Polizei, aber der Ober hatte Kalb bereits aus der Tür gedrängt und ins Freie gestoßen.

Er fand sich auf der Straße wieder. In seiner Vorstellung sah er sich auf einer bleichen Daguerreotypie vor der Fensterscheibe eines Caféhauses, auf dem in großen Buchstaben Reklame für eine französische Aperitif-Firma gemacht wird. Sein Bewußtsein telegrafierte diese Pose in die Glieder. Er ließ die Gedanken jederzeit Besitz von sich ergreifen. Sein Schädel brannte. Er war in der Lage, sich die Szene mit der Ohrfeige deutlich vor sein inneres Auge zu projizieren, so deutlich, als beobachte er als Unbeteiligter einen Fremden und büßte nicht einmal den mit dieser Gewalttätigkeit verbundenen Ablauf vor Überraschung, Entsetzen und Abscheu ein, obwohl er selbst es war, der den Vorfall verursacht hatte.

Er streunte herum. Er betrat ein Restaurant. Die Glühbirnen zersprangen. Die Teller zersprangen. Die Fensterscheiben zersprangen. Er setzte sich. Er fürchtete, die elektrische Kraft seines Gehirns nutzlos zu vergeuden. Das Blut wich aus den Händen und staute sich in den Handgelenken.

Eine fette Frau von mittleren Jahren nickte ihm zu. Er setzte sich an den Tisch der Frau. Die Frau ließ eine Hand auf sein Knie nieder. Ihr Gesicht war mit Haut verkleidet. Die Hand drückte sein Knie. Er preßte einen Finger schmerzhaft gegen die Tischkante. Er konnte sehen, wie der Marmorkuchen in der Mundhöhle der Frau verschwand, wie der Mund sich bewegte, wie er die Süßigkeit aus dem Kuchen sog, um ein Fluidum sinnlichen Genusses zu erzeugen. »Begleiten Sie mich?« Die Frau hatte sich erhoben, unterwegs fragte sie Kalb nach seinem Namen. Kalb nahm die Einladung auf einen Cognac an. Er setzte sich auf das Sofa. Seine Hände schoben sich unter dem Kleid hoch. Die Frau begann sich hastig zu entkleiden. Kalb legte die Krawatte ab. Er fühlte die unbeherrscht zuckenden Schenkel der Frau an seinen Lenden. Er genoß die wirren Bilder, die in seiner Vorstellungswelt auftauchten. Er dachte daran, die Frau zu berauben, die Wäscheschränke zu durchwühlen und das geraubte Geld zu verstecken. Erschöpft sank er zur Seite.

Als er die Wohnung verließ, stieg er – anstatt wie üblich hinunterzugehen und aus der Haustür zu treten – einige Stockwerke hoch. Er blickte vom Gangfenster auf die Straße. Er sah wieder Bäume, Gebilde aus schwarzem Rindwerk, die von den gelben Rauchschwaden der Blätter umweht waren, kleine Gebüsche, die in Euphorie in die Höhe geschossen und zersprungen zu sein schienen ... die geplatzten Teile hingen an den Zweigen wie Pergamentöhrchen. Einer plötzlichen Eingebung folgend, läutete er an der nächsten Wohnungstür. Die Tür wurde aufgerissen und ein klapperdürres Gestell mit Amphibienaugen stand vor ihm. Es trug abgewetzte Klamotten, eine Weste, die schief zugeknöpft war, eine ausgebeulte Hose, eine Krawatte, die so nachlässig um den Hals gebunden war, daß man einen Teil des Gummibandes sehen konnte, an dem sie befestigt war.
Ja?
Der kalte Ton und das entschlossene Auftreten des Mannes brachten Kalb aus dem Gleichgewicht.
Er hätte die außerordentliche Ehre, sagte Kalb, in Zukunft

gewissermaßen eine Art Nachbar zu sein ... So? unterbrach ihn der Mann – und?
... ja und daher sei es ihm um einige Auskünfte zu tun, bezüglich der Gepflogenheiten in diesem Haus ... Gepflogenheiten? Welche Gepflogenheiten? Wer er denn überhaupt sei? Er sei also für diese Auskünfte nicht zuständig? Dann müsse er sich wohl im Stockwerk geirrt haben! Sei er denn nicht Herr ... äh ... Tarski?
Tarski? Hier gäbe es keinen Herrn Tarski! Was er wolle!
Dann müsse er sich wohl geirrt haben, antwortete Kalb, entschuldigte sich und stieg – Gebrechlichkeit vortäuschend – die Treppe hinunter.

Eines Tages ließ Kalb sich mit einem Betrunkenen auf ein Gespräch über metaphysische Probleme ein, die dieser mit den newtonschen Axiomen zu erklären versuchte. Wie sich herausstellte, wohnte er bei einer zerknitterten, alten Frau, die sich aus Mißtrauen einen Hund hielt. Sie öffnete die Tür und begann sofort zu sprechen. Ihre Zähne flatterten im Mund wie Herbstblätter, die Blutstropfen tropften abfallenden Mohnblüten gleich durch das schlaffe Geäder. Kalb berührte sie mit seinem Blick, und seine Augen schmerzten von dieser Berührung.

Der Betrunkene bat Kalb, ihn zur Automatenwäscherei zu begleiten. Der Boden aus Stein glänzte von einer schwefligen Flüssigkeit. In einer Ecke lehnte ein Bündel zusammengefalteter Regenschirme. Kalb starrte die Füße und Schuhe an. Eine Nonne rauschte an ihm vorüber mit rauschendem Nonnengewand aus schwarzem Weihwasser. Sie gingen zurück in die Wohnung, wo die Alte jetzt mit ihrem Hund auf einem Sofa saß und das Kommende abwartete. Kalb wünschte sich, aus dem Wäschekarton anstelle der Hemden und Unterhosen ein amputiertes Kinderbein zu ziehen und dieses dem Hund zum Fressen anzubieten, während der Betrunkene seinen nackten Oberkörper mit Jodbinden umwickelte. Es geschah jedoch nichts dergleichen.

Der Betrunkene langte statt dessen nach einer Schachtel Zündhölzer. Seine Augensäcke hingen schlaff und tintenfarben fast bis auf die Wangen. Kalb sah eine Fliege über einen offen herumliegenden Brief spazieren. Das erinnerte ihn zu seinem Erstaunen an Pferdegeklapper, das er nicht einzuordnen vermochte und sofort wieder vergaß.

Am selben Tag ergab sich, daß er im Weinhaus durch einen telepathischen Vorgang mit dem Ingenieur, einem etwa vierzigjährigen Mann bekannt wurde. Gleich zu Beginn der Unterhaltung stellte die Besitzerin, Frau Riegler, einen Strauß nasser Plastikveilchen (vermutlich vorher unter die Wasserleitung gehalten) auf den Tisch und Kalb konnte durch das Glas die Stengel sehen und die Luftperlen, die sich an die Stengel gesetzt hatten. Draußen hatte es zu regnen begonnen. Kalb nahm in der Einbildung den Duft von Veilchen wahr. Die blonde Friseuse fiel ihm ein, deren Hände ebenso geduftet hatten.

Er sah den Ingenieur mit seinen Facettenaugen an, ein surrealistisches Insekt, das mit unfühlbar leichtem Kribbeln über das Gewand und die Haut des Ingenieurs lief.

Das destillierte Obst ruhte ölig in den Gläsern. Die Straßenbahnen träumten weich und still vor den Fenstern, auf welchen von Morsezeichen getötete Vögel dem Surren elektrischer Nähmaschinen lauschten. Bilder fielen von der Wand, Uhren blieben zum Zeitpunkt des Todes von Angehörigen stehen. Die Schritte glitten in die Sinuskurve der Zeit und gerieten in eine rollende Bewegung und drehten sich in Rhönrädern eingespannt als pulsierende Wasserspiele zwischen den Blumen der Vorstadtgärten. Kalb veranlaßte, daß der Bouillonwürfel mit dem Abbild einer weißen Kuh in den violetten Topf geworfen wurde. Vom Pol her überquerten Ströme von eisigen Winden sein Haupt. Er sah den Konzertflügel in der Wohnung des Ingenieurs groß und schwarz auf sich zukommen. Die Klaviersaiten zitterten. Die Sekunden krümmten und wanden sich auf dem Fußboden. Sie begannen schweigend die Blumen zu verspeisen. Der Käfig war mit einem weißen Leintuch zugedeckt, damit der Papagei von morgendlichen Sonnenstrahlen nicht geweckt würde. Dann zog er das Taschentuch heraus und strich es sanft wie einen Cellobogen über die Stirn, und die Körpersubstanzen blieben darauf haften. In der Dämmerfrühe begann der Ingenieur zu weinen. Die in ovalen Rahmen befestigten Fotografien schaukelten leblos über seinen Knien. Auf einer der Fotografien blickte Otto von Zeppelin ernsthaft und gefaßt in das Objektiv des nun natürlich nicht mehr sichtbaren riesigen Fotokastens, an dessen Stelle der Blick des Beschauers oder, wenn man so will, dessen Pupillen traten, ein

Vorgang, der sich immer wieder mit der Regelmäßigkeit und Berechenbarkeit eines Naturgesetzes wiederholte.

Kalb sah, als er durch die morgendlich leeren Straßen schwankte, die zyklometrischen Blätter auf den Bäumen hoch über ihm von der Gischt aus Sauerstoff umspült und vom Sirren der Telefondrähte immer wieder zu zuckendem Leben erweckt. Das Trottoir spielte seine Schritte wie ein Piano. Alles schlief noch, nur der übernächtigte Doktor lief mit geöffnetem Hemdkragen und klirrendem Ärztekoffer keuchend über die Straße, um vor dem Sterbenden das Notenpult aufzustellen und mit virtuosen Griffen die Geige zum Klingen zu bringen.

Seine Lunge färbte durch ihren asthmatischen Blasbalg das Lackmus seiner Lippen blau, oder es war Phenolphthalein, was da durch sein Blut floß und die grauenhafte Poesie auf seine Lippen zauberte. Er blieb stehen, um Luft zu holen.

Ein Nachtfalter hatte sich auf den Ärmel gesetzt, ein Tier, das unter dem Namen »Blaues Ordensband« in ganz Mitteleuropa bekannt und verbreitet ist. Kalb nahm keine Notiz davon. Sein urbanes Gehirn schlug die tollsten Kapriolen, als es, von Schläfrigkeit chloroformiert, den einfallenden Wahrnehmungen die absurdesten Wege wies und die Unsinnigkeiten seiner Assoziationen genoß.

Noch behaftet mit den Irrbildern seiner Schläfrigkeit, die nun auf dem Schachfeld seines Gehirnes in seltsamste Positionen zueinander gerieten, fiel er in das Bett. Die Geräusche des erwachenden Tages umspülten sein Ohr und rissen ihn für kurze Augenblicke aus der Tiefe des Schlafes. Er träumte von Dampfmaschinen, die auf Druck eines Messingpedals künstliche Vögel über die sokratische Philosophie sprechen ließen. Ein paillettenbestickter Knabe saß vom Schüttelfrost erschüttert auf einem Küchenstuhl. War er dieses Kind mit dem kreideweißen geraden Scheitel, das ihm im Traum erschien?

Erschrocken setzte er sich auf, er reinigte die Schuhe, er stellte den Stuhl ans Fenster.

Durch das Fernrohr seiner Isoliertheit beobachtete er das Straßenbild. Grün und rot war der Traum des Tages. Die Pensionistin schleppte eine Kanne Milch den Gehsteig entlang und überholte und zertrat ihren eigenen Schatten, der sie gleich darauf auf ihrer anderen Körperseite aufs neue begleitete. GERADE DAS STUMPFSINNIGE GLEICHT DEM TRAUM. Zwei Fliegen summten schmerzhaft herum. Er verwickelte sie in eine spiritistische Sitzung. Er nahm die Schale Pfirsiche aus dem Kühlschrank. Die Zähne schmerzten bei jedem Biß. In den Blumentöpfen rosteten die Senkbleie. Die Seismographen verzeichneten rostrote Kurven auf einem Millimeterpapier. Die Pflastersteine buckelten sich elastisch auf, wodurch die Fußgänger Athleten glichen, die über ein Gummitrampolin stapften.

Er nahm einige Tropfen Medizin. Die Mundhöhle war mit einem Male mit dem Geschmack von Menthol angefüllt. Auch das Zimmer roch nach Menthol. Wenn er auf die Fensterbank blickte, sah er seinen eigenen linken Nasenflügel, obwohl sein Blick die Fensterbank entlangfuhr. Der Mentholgeschmack in seinem Mund wurde schwächer, zurück blieb der Geruch von Menthol, der sich in Kalbs Gedanken auf das Interieur niedergeschlagen hatte und von diesem wieder ein Gefühl der Kühle und Ordnung zurückwarf.

Ein Passant eilte vorbei. Gleich darauf schlug die Zeit in Wellen über dem Passanten zusammen und verschlang ihn.

Er riß sich vom Fenster los. Er sah sich jetzt auf der Straße, die zur Bewegungslosigkeit erstarrt war. Alles erschien ihm als absurde Draperie. Die Boulevards kreuzten sich menschenleer. Hinter den Häuserwänden eine Summe von schlechtbeleuchteten, stickigen Kabinen mit schlafenden Menschen. Die regengrüne Haustür schlug auf und zu. Luftgeschüttelte Gardinen. Plötzlich fuhr ein Autobus vorbei.

Wieder umschloß ihn das tote Panorama der Straße. Eine Frau klopfte einen roten Teppich.

Kalb betrat das Gasthaus. Er sah Spuren von Bierschaum auf der Blechplatte des Ausschanks. In einem Winkel befand sich ein Eisenöfchen mit einem grotesk langen Abzugsrohr. Kalb fiel der Gummischutz auf einem Finger der Wirtin auf. An einem Haken hingen Tageszeitungen. Als er das Gefühl des Krankseins in sich zu erkennen glaubte, empfand er eine eigenartige Genugtuung.

Der Hausmeister stand auf dem Trottoir. Soeben tranchierte er den Bello und zeigte die Gedärme her. (Ist schon ein toller Aufbau drinnen in so einem Menschen oder Hund.) Inzwischen legte der Hausmeister dem Bello wieder das Halsband um und sie gingen in das Wirtshaus und alle Leute drehten sich um und schauten.

Der Brechakt kann ausgelöst werden von der Schleimhaut des Schlundkopfes oder von der Magenschleimhaut. Aber auch die Geschmacks- und Geruchsnerven vermögen bei entsprechender Reizung den Vorgang einzuleiten oder ihn zu fördern. Bei direkter Einwirkung etwa mechanischer oder chemischer Reizung im Gebiete des Reflexzentrums, im Rautenhirn, tritt *cerebrales* Erbrechen auf.

Kalb, der Flaneur.

Soeben hatten sich die Blätter auf den Bäumen verfärbt, Lebewesen flatterten und krochen.

Was ist die Uhr? Die Uhr ist eine rechnende Maschine. Die Uhr ist ein Symbol. Die Uhr ist ein Schmuckstück.

Ist es nicht eigenartig, daß ein solch ungeheures Lebewesen wie der Wal die Welt durch ein so kleines Auge sieht und ihr Getöse durch ein Ohr wahrnimmt, das kleiner ist als das eines Hasen?

Kalb saß auf der Parkbank, mit den Netzhäuten ausgestattet und erprobte die Realität. Ein Herr hatte ein Leukoplast auf der Stirn kleben. Sonst ereignete sich nichts.

Solange Kalb die Katze betrachtete, befand sie sich in ihm selbst, ging in seinem Gehirn herum und ließ es auf ihre

Erscheinung reagieren. Als sie unter das Bett kroch, hatte sie gleichsam durch die Augen Kalbs Kopf verlassen.

Der Einfallswinkel der Sonne betrug 26 Grad. Nordwind, 10 Grad Celsius. Geräusche aus verschiedenen Wellenlängenbereichen. Kalb überquerte die Straße.

Da kam unvermutet so ein Querschläger von einem Bild herangeflogen: ein Kind auf einem Dreirad. Die Bilder hallten in Kalbs Kopf nach. Er schloß die Augen und betrachtete das bildliche Echo.

Das Gefühl des Erschreckens, wenn man erwartet, daß der Lift hinauffährt, dieser aber in den Keller fährt, lernte Kalb noch am selben Tag kennen.

Die Frau beugte sich vor, die Brüste waren fett. Das Mieder war schmutzig. Die Frau rollte die Strümpfe hinunter. Die Leitung zum Lichtschalter war nicht verputzt. An der Innenseite der Schenkel sieht man Adern schimmern. Es ist kalt. Im Zimmer befindet sich kein Ofen. Kalb trat ans Fenster und kontrollierte, ob es geschlossen war. Er spürte die Kälte, die durch das geschlossene Fenster kam. Die Vorhänge waren verschlissen. Der Teppich war klein und schmutzig. Eigentlich war es kein Teppich, sondern ein Bettvorleger. In den Schuhen der Frau erkannte man einen Teil des Fußabdruckes. Kalb beugte sich über die Zehen und betrachtete die Zehennägel. Die Haut am Gesäß war von vielen kleinen Pusteln bedeckt. Das Leintuch war kalt. Die Frau hatte ihr Gesicht abgewandt und starrte auf den Boden. Die Vorhänge waren an einer Messingschiene befestigt. Auf dem Tisch war der kreisrunde Abdruck eines Glases zu sehen. Die Frau rauchte. Ihre Haare waren durch eine Dauerwelle stark gekräuselt. Sie hatte einen Pelzmantel, der auf einem Kleiderhaken an der Innenseite der Tür hing. Der Türgriff war aus Messing. Er hing schief herunter. Die Handschuhe lagen wie tote Haut auf dem Sessel.

Er wußte, daß seine Augen glänzten. Sein Blick taumelte schwer wie Blei herum. Er setzte sich in die Konditorei. Die Serviererin hatte schmutzige Fingernägel. Es berührte ihn nicht. Die Serviererin lief herum. An der Wand war eine elektrische Uhr befestigt. Er entdeckte nichts Neues. Die Serviererin hatte nichts Besonderes an sich. Die Bekleidung warf keine besonderen Falten. Auch der Hund in der Ecke war nichts Besonderes. Draußen fuhr die Straßenbahn vorbei. Er zündete sich eine Zigarette an. Er bezahlte. Er ging auf die Straße.

Jemand sprach ihn an: Der Mann hatte ein aufgeschwemmtes Gesicht. Er erkundigte sich nach dem Weg. Kalb folgte ihm. Der Mann betrat einen Hinterhof. Er sah sich vorsichtig um. Dann öffnete er den Abfallkübel und wühlte im Müll. Die Klopfstange war morsch, das Holz war schwarz. Der Mann kam wieder zurück. Kalb trat in die Mauernische.

Alles war voll Honig.

Kalb stand auf. Er dachte das gleiche wie immer. Den ganzen Tag dachte er das gleiche wie immer.

Das alles ist wie im Panoptikum, dachte sich Kalb.

Er warf die Münzen in den Coca-Cola-Automaten. Eine der Münzen fiel durch und Kalb mußte es mit einer anderen versuchen.

Er kam an einem leeren Tennisplatz vorbei.

Er wollte ein Exhibitionist sein.

An einem Baum hing nur ein einziges Blatt.

Momentan war sein Gesicht vom Zigarettenrauch z. T. verdeckt.

Kalb genoß diesen Ekel.

Speichel besteht aus Wasser, anorgan. Salzen, Eiweiß, Muzin, Rhodankalium und dem Stärke spaltenden Pytalin.

Auf dem Bett lagen die Eierstöcke.

Aus der Nase zog er ein blutiges Taschentuch.

In den Eprouvetten und Kanülen schäumten tiefgekühlte Erdbeeren und flüssige Mineralien über den Flammen einer Stearinkerze.

Die Erregungsvorgänge in den Sinneszellen und Nervenfasern sind von elektrischer Natur. Die Verschlüsselung der Reize für die Erregungsleitung ist bei verschiedenen Sinnesorganen dieselbe. Die Art der Empfindungen hängt davon ab, welchen Hirnzentren die Erregungen zugeführt werden.

Kalbs Körper war von wächserner Biegsamkeit und ließ sich in alle denkbaren Haltungen versetzen. Sein Gefieder leuchtete jetzt blaugrün, der Rücken schillerte türkisblau, am Ohr ein rostroter Fleck, weißer Nackenstreif, Kehle weiß, Unterseite leuchtend hellrostrot, langer, kräftiger Keilschnabel, Füße korallenrot.

Der Tee floß durch den Mund, die Kehle und die Speiseröhre in den Magen.

Ansonsten beherrschten kollektive Physiognomien das Straßenbild.

Kalbs Haare wuchsen von den Haarzwiebeln aus. Nun waren sie heraußen und bedeckten seidenweich die Oberfläche der Haut. Manchmal entleerte sich das Produkt der Talgdrüsen zu ungestüm und die Haare klebten strähnig und fett auf Kalbs Kopf.

Auf allen Gegenständen lag eine schläfrigmachende Traumschicht.

QUELLENANGABE DER ERSTDRUCKE

»Künstel. Ein Fragment«
in: *manuskripte* 33, 1971, S. 19-22

»Der Ausbruch des Ersten Weltkriegs«
in: *protokolle* I, 1972, S. 65-74

»Der Wille zur Krankheit 1«
in: *manuskripte* 34, 1972, S. 5-10
»Der Wille zur Krankheit 2«
in: *manuskripte* 35, 1972, S. 35-38

Gerhard Roth

Circus Saluti
Erzählung
Collection S. Fischer Band 2321

Der große Horizont
Fischer Taschenbuch Band 2082

DER STILLE OZEAN
Roman. 247 S. Ln.

die autobiographie des albert einstein
Kurzromane
Fischer Taschenbuch Band 5070

Menschen Bilder Marionetten
Prosa, Kurzromane, Stücke
453 S. Ln.

Ein neuer Morgen
Roman. 161 S. Ln.
(auch als Fischer Taschenbuch Band 2107 lieferbar)

Winterreise
Roman. 192 S. Ln.
(auch als Fischer Taschenbuch Band 2094 lieferbar)

S. Fischer Verlag
Fischer Taschenbuch Verlag